Kata Pengantar

Sekarang ini di Taiwan sangat banyak rumah tangga memperkerjakan pembantu rumah tangga , 90% diantaranya adalah pembantu Indonesia , diantara 30 rumah tangga 27 diantaranya memperkerjakan pekerja dari Indonesia , yang bekerja merawat orang sakit , anak dan pekerjaan rumah tangga lainnya .

Sebagian besar pembantu Indonesia adalah pekerja yang rajin , ulet , penurut dan tingkat beradaptasi dengan pekerjaan tinggi . Disamping itu di Taiwan pasangan hidup dari Indonesia semakin bertambah , masalah pendidikan bhs. Mandarin mereka sangatlah mendesak .

Adat istiadat yang berbeda , bahasa yang berbeda , kemampuan komunikasi pembantu Indonesia dan pasangan hidup Indonesia semakin harus diperkuat . Berdasarkan pertimbangan ini , kami menyediakan buku percakapan sehari – hari untuk membantu mereka , dengan memakai ejaan bhs. Indonesia yang menurut standard dan aksara Zhu Yin yang biasa dipakai di Taiwan dan akan mudah dikuasai bagi pemakai yang menggunakan komputer atau aksara Zhu Yin di telepon genggam .

Buku ditambah dengan HP scan QR code yang merekam suara dalam bhs. Mandarin dan bhs. Indonesia , bhs. Mandarin memakai suara guru mandarin senior Ms. Chang Jing dan bhs. Indonesia oleh Ms. Chen Ih Shun , buku ini bukan hanya tepat digunakan oleh orang Indonesia yang sedang belajar bhs. Mandarin juga sangat tepat digunakan oleh orang Tionghua yang sedang belajar bhs. Indonesia .

Pengarang Chen Yu Shun

目錄
Daftar Isi

注音符號字母表
Daftar Aksara Zhu Yin

聲調 Nada Suara		
	注音符號 Aksara Zhu Yin	印尼語符號 Cara Baca Bhs. Mandarin
一聲　Suara 1		1
二聲　Suara 2	ˊ	2
三聲　Suara 3	ˇ	3
四聲　Suara 4	ˋ	4
輕聲　Suara ringan	·	

QR Code 音檔

♪ ■ 聲調練習 Latihan Nada Suara
01

一聲 Suara satu	衣 i1	八 pa1
二聲 Suara dua	疑 i2	拔 pa2
三聲 Suara tiga	以 i3	把 pa3
四聲 Suara empat	易 i4	爸 pa4

輕聲 Suara Ringan
的 te
了 le
吧 pa

聲母表 Daftar Alfabet			
注音符號 Aksara Zhu Yin	印尼語拼音 Cara Baca Bhs. Mandarin	注音符號 Aksara Zhu Yin	印尼語拼音 Cara Baca Bhs. Mandarin
ㄅ	pe	ㄐ	ci
ㄆ	phe	ㄑ	chi
ㄇ	me	ㄒ	si
ㄈ	fe	ㄓ	zhe
ㄉ	te	ㄔ	che
ㄊ	the	ㄕ	she
ㄋ	ne	ㄖ	re
ㄌ	le	ㄗ	ze
ㄍ	ke	ㄘ	ce
ㄎ	khe	ㄙ	ses
ㄏ	he		

韻母表 Daftar Huruf Hidup

注音符號 Aksara Zhu Yin	印尼語拼音 Cara Baca Bhs. Mandarin	注音符號 Aksara Zhu Yin	印尼語拼音 Cara Baca Bhs. Mandarin
ㄚ	a	ㄧㄢ	yen
ㄛ	o	ㄧㄣ	in
ㄜ	e	ㄧㄤ	yang
ㄝ	e	ㄧㄥ	ing
ㄞ	ai	ㄨ	u
ㄟ	ei	ㄨㄚ	wa
ㄠ	ao	ㄨㄛ	wo
ㄡ	ou	ㄨㄞ	wai
ㄢ	an	ㄨㄟ	wei
ㄣ	en	ㄨㄢ	wan
ㄤ	ang	ㄨㄣ	wen
ㄥ	eng	ㄨㄤ	wang
ㄦ	er	ㄨㄥ	ong
ㄧ	i	ㄩ	i
ㄧㄚ	ya	ㄩㄝ	ie
ㄧㄝ	ye	ㄩㄢ	ien
ㄧㄞ	yai	ㄩㄣ	in
ㄧㄠ	yao	ㄩㄥ	ing
ㄧㄡ	yo		

情境會話
Percakapan Tanya Jawab

QR Code 音檔

中文 Bhs. Mandarin	印尼文 Bhs. Indonesia
一、選工人篇： I1：Sien3 Kung1 Ren2 Phien1	1.Bagian Memilih Pekerja：
雇主 Ku4 Cu3	Majikan
女傭 Ni3 Yung1	Pembantu
看護工 Khan1 Hu4 Kung1	Perawat
幫傭 Pang1 Yung1	Pembantu , PRT
仲介 Cung4 Cie4	Agen
年齡 Nien2 Ling2	Usia , umur
體重 Thi3 Cung4	Berat badan
身高 Sen1 Kau1	Tinggi badan
先生 Sien1 Seng1	Tuan
太太 Thai4 Thai	Nyonya

04

宗教 Cung1 Ciau4	Agama
回教徒 Huei 2 Ciau4 Thu2	Islam
基督徒 Ci1 Tu1 Thu3	Kristen
佛教徒 Fo2 Ciau4 Thu2	Budha
印度教徒 In4 Tu4 Ciau4 Thu2	Hindu
我是二十 (20) 歲 Wo3 Se4 El4 Se2 Suei4	Saya berumur 20 tahun
鍋邊素 Kuo1 Pien1 Su4.	Sayur dan daging babi dimasak sama sama,sayur dimakan tapi daging babi dibuang
頭腦 Tho2 Nau3	Otak , pikiran
手機 So3 Ci1	HP, telepon genggam
過世 Kuo4 Se4	Meninggal
照顧 Cau4 Ku4	Merawat
膜拜 Mo2 Pai4	Sembahyang

寡婦 Kua3 Fu4	Janda
外遇 Wai4 I4	Selingkuh
齋戒 Cai1 Cie4	Puasa
喝酒 He1 Cio3	Minum arak
賭博 Tu3 Po2	Judi
打 Ta3	Pukul
離婚 Li2 Hun1	Bercerai
出國 Chu1 Kuo2	Pergi keluar negeri
經驗 Cing1 Yen4	Pengalaman
入境隨俗 Ru4 Cing4 Suei2 Su2	Mengikuti adat istiadat penduduk setempat .
刻苦耐勞 Khe4 Khu3 Nai4 Lau2	Pekerja yang keras dan ulet
行動不便 Sing2 Tung4 Pu2 Pien4	Tidak dapat berjalan

工期期滿 Kung1 Chi2 Chi2 Man3	Kontrak kerja selesai
阿嬤只是行動不便而已， Ama Ce3 Se4 Sing2 Tung4 Pu2 Pien4 Er2 I3 ,	Ama hanya tidak dapat berjalan,
但是頭腦還是很清楚。 Tan4 Se4 Tho2 Nau3 Hai2 Se4 Hen3 Ching1 Chu3 .	tapi pikirannya masih sangat jernih.
你可以放假一個月一次。 Ni 3 Khe3 I3 Fang4 Cia4 I2 Ke Ye4 I2 Ces4 .	Kamu boleh libur sebulan sekali.
你可以有手機， Ni3 Khe3 I3 Yo3 Sho3 Ci1 ,	Kamu boleh ada HP ,
但是只有休息的時候可以用， Tan4 Se4 Ce3 Yo3 Sio1 Si2 Te Se2 Ho4 Khe3 I3 Yung4 ,	tapi hanya dapat digunakan waktu jam istirahat,
這樣可以嗎？ Ce4 Yang4 Khe3 I3 Ma ?	kamu dapat terima hal ini ?
你有親朋好友在台灣嗎？ Ni3 Yo3 Chin1 Pheng2 Hau3 Yo3 Cai4 Taiwan Ma ?	Apakah kamu ada saudara atau teman di Taiwan ?

我有姊姊在台灣當女傭， Wo3 Yo3 Cie3 Cie Cai4 Taiwan Tang1 Ni3 Yung1 ,	Saya ada kakak perempuan kerja sebagai pembantu di Taiwan ,
但是她的工期快要期滿了。 Tan4 Se4 Tha1 Te Kung1 Chi2 Khuai4 Yau4 Chi2 Man3 Le .	tapi kontrak kerjanya segera akan berakhir .
你可以吃豬肉嗎？ Ni3 Khe3 I3 Ce1 Cu1 Ro4 Ma ?	Apakah kamu dapat makan babi ?
不好意思， 我是回教徒， Pu4 Hau3 I4 Ses ! , Wo3 Se4 Huei2 Ciau4 Thu2 ,	Maaf , saya beragama Islam ,
不能吃豬肉， Pu4 Neng2 Ce1 Cu1 Ro4 ,	tidak dapat makan babi ,
但是我可以幫忙料理豬肉。 Tan4 Se4 Wo3 Khe3 I3 Pang1 Mang2 Liau4 Li3 Cu1 Ro4	tapi saya dapat membantu memasak daging babi .
我可以吃鍋邊素。 Wo3 Khe3 I3 Ce1 Kuo1 Pien1 Su4 .	Saya dapat makan sayur tapi daging babi dibuang .
我可以吃豬肉， 入境隨俗。 Wo3 Khe3 I3 Ce1 Cu1 Ro4 , Ru4 Cing4 Suei2 Su2 .	Saya dapat makan babi , mengikuti adat istiadat penduduk setempat .

你有膜拜的習慣嗎？ Ni3 Yo3 Mo2 Pai4 Te Si2 Kuan4 Ma ?	Apakah kamu ada kebiasaan sembahyang ?
你晚上睡覺前可以膜拜， Ni3 Wan3 Sang4 Suei4 Ciau4 Chien2 Khe3 I3 Mo2 Pai4 ,	Kamu sebelum tidur malam boleh sembahyang ,
也不要穿白袍， Ye3 Pu2 Yau4 Chuan1 Pai2 Phau2 ,	juga jangan pakai mukenah ,
你可以接受嗎？ Ni3 Khe3 I3 Cie1 So4 Ma ?	apakah kamu dapat menerima ?
沒關係， 我可以接受。 Mei2 Kuan1 Si4 , Wo3 Khe3 I3 Cie1 So4 .	Tidak apa – apa , saya dapat menerima .
你有出國的經驗嗎？ Ni3 Yo3 Chu1 Kuo2 Te Cing1 Yen4 Ma ?	Apakah kamu ada pengalaman pergi keluar negeri ?
我沒有， 我在雅加達當過女傭兩年。 Wo3 Mei2 You3 , Wo3 Cai4 Ya3 Cia1 Ta2 Tang1 Kuo4 Ni3 Yung1 Liang3 Nien2 .	Saya tidak ada pengalaman , saya di Jakarta pernah bekerja jadi pembantu selama 2 tahun .
我有經驗， Wo3 Yo3 Cing1 Yen4 ,	Saya ada pengalaman ,

在新加坡，香港當過女傭， Cai4 Sin1 Cia1 Po1, Siang1 Kang3 Tang1 Kuo4 Ni3 Yung1,	di Singapura , Hongkong jadi pembantu ,
照顧老人家及小孩子。 Cau4 Ku4 Lau3 Ren2 Cia1 Ci2 Siau3 Hai2 Ce .	merawat orang tua dan anak .
你結婚了嗎？ Ni3 Cie2 Hun1 Le Ma ?	Kamu sudah menikah ?
妳先生的工作是什麼？ Ni3 Sien1 Seng1 Te Kung1 Cuo4 Se4 Se2 Me ?	Pekerjaan suami kamu apa ?
我先生是農夫。 Wo3 Sien1 Seng1 Se4 Nung2 Fu1 .	Suami saya seorang petani .
我先生過世了，我是寡婦。 Wo3 Sien1 Seng1 Kuo4 Se4 Le , Wo3 Se4 Kua3 Fu4 .	Suami saya sudah meninggal , saya janda .
我離婚了。 Wo3 Li2 Hun1 Le .	Saya bercerai .
不好意思，我可以知道， Pu4 Hau3 I4 Ses , Wo3 Khe3 I3 Ce1 Tau4 ,	Maaf , apakah saya boleh tahu ,
你為什麼離婚嗎？ Ni3 Wei4 Se2 Me Li2 Hun1 Ma ?	mengapa kamu bercerai ?

我先生有外遇。 Wo3 Sien1 Seng1 You3 Wai4 I4 .	Suami saya selingkuh .
我先生沒有責任感， Wo3 Sien1 Seng1 Mei2 Yo3 Ce2 Ren4 Kan3 ,	Suami saya tidak ada tanggung jawab ,
沒有賺錢， 喜歡喝酒， 賭博， 打我。 Mei2 Yo3 Cuan4 Chien2 , Si3 Huan1 He1 Cio3, Tu3 Po2, Ta3 Wo3 .	tidak mencari uang , suka minum arak , berjudi , pukul saya .
你有幾個小孩子？ Ni3 Yo3 Ci3 Ke Siau3 Hai2 Ce ?	Kamu ada berapa orang anak ?
妳來台灣賺錢， Ni3 Lai2 Taiwan Cuan4 Chien2 ,	Kamu datang ke Taiwan cari uang ,
誰照顧你的小孩？ Sei2 Cau4 Ku4 Ni3 Te Siau2 Hai2 ?	siapa yang rawat anakmu ?
我先生跟我媽媽會照顧 小孩子。 Wo3 Sien1 Seng1 Ken1 Wo3 Mama Huei4 Cau4 Ku4 Siau3 Hai2 Ce .	Suami saya dan mama saya dapat merawat anak .
你為什麼要賺錢呢？ Ni3 Wei4 Se2 Me Yau4 Cuan4 Chien2 Ne ?	Mengapa kamu ingin mencari uang ?
我要賺錢養小孩子， Wo3 Yau4 Cuan4 Chien2 Yang3 Siau3 Hai2 Ce ,	Saya ingin mencari uang untuk membiayai anak

讓小孩子可以讀書。 Rang4 Siau3 Hai2 Ce Khe3 I3 Tu2 Su1 .	supaya anak dapat bersekolah .
你是刻苦耐勞的工人嗎？ Ni3 Se4 Khe4 Khu3 Nai4 Lau2 Te Kung1 Ren2 Ma ?	Apakah kamu seorang pekerja yang keras dan ulet ?
你來台灣工作那麼久， Ni3 Lai2 Taiwan Kung1 Cuo4 Ne4 Me Cio3 ,	Kamu datang ke Taiwan kerja begitu lama ,
會不會油條呢？ Huei4 Pu2 Huei4 Yo2 Thiau2 Ne ?	apakah kamu akan sembarangan bekerja dan pilih-pilih kerja ?
不會的， 我會好好做。 Pu2 Huei4 Te , Wo3 Huei4 Hau3 Hau3 Cuo4 .	Tidak akan , saya akan bekerja sebaik mungkin .
你以前來台灣做什麼事？ Ni3 I3 Chien2 Lai2 Taiwan Cuo4 Se2 Me Se4 ?	Kamu dulu datang ke Taiwan kerja apa ?
我以前照顧中風的阿公三年， Wo3 I3 Chien2 Cau4 Ku4 Cung4 Feng1 Te Akung San1 Nien2 ,	Saya dulu kerja rawat Akung yang stroke ,
照顧他的生活起居。 Cau4 Ku4 Tha1 Te Seng1 Huo2 Chi3 Ci1 .	merawat semua keperluan hidupnya .

你有幾個兄弟姊妹？ Ni3 Yo3 Ci3 Ke Siung1 Ti4 Cie3 Mei4 ?	Kamu ada berapa bersaudara ?
我有兩個姐姐， 一個妹妹， Wo3 Yo3 Liang3 Ke Cie3 Cie , I2 Ke Mei4 Mei ,	Saya ada 2 kakak perempuan , 1 adik perempuan ,
一個哥哥， 我是排行第四。 I2 Ke Ke1 ke , Wo3 Se4 Phai2 Hang2 Ti4 Ses4 .	1 kakak laki – laki , saya di urutan ke 4 .
我是老大， 還有一個弟弟。 Wo3 Se4 Lau3 Ta4 , Hai2 Yo3 I2 Ke Ti4 Ti .	Saya anak yang paling besar , ada 1 adik laki – laki .
我有一個姐姐而已， 我是老么。 Wo3 Yo3 I2 Ke Cie3 Cie Er2 I3 , Wo3 Se4 Lau3 Yau1 .	Saya hanya punya 1 kakak perempuan , saya paling bungsu .
齋戒月的時候， 你也會齋戒嗎？。 Cai1 Cie4 Ye4 Te Se2 Ho4 , Ni3 Ye3 Huei4 Cai1 Cie4 Ma ?	Apakah bulan puasa , kamu juga ikut puasa ?
如果雇主同意， 我會齋戒。 Ru2 Kuo3 Ku4 Cu3 Thong2 I4 , Wo3 Huei4 Cai1 Cie4 .	Jika majikan setuju , saya ingin puasa .

我們怕你齋戒， 沒有體力， Wo3 Men Pha4 Ni3 Cai1 Cie4 , Mei2 Yo3 Thi3 Li4 ,	Kami takut kamu puasa , tidak ada tenaga
所以我們希望你不齋戒， 好嗎？ Suo3 I3 Wo3 Men Si1 Wang4 Ni3 Pu4 Cai1 Cie4, Hau3 Ma ?	maka kami berharap kamu tidak berpuasa , kamu dapat menerima ?
好， 沒關係。 Hau3 , Mei2 Kuan1 Si4 .	Baik , tidak apa – apa .
你休閒的時候， 做什麼？ Ni3 Sio1 Sien2 Te Se2 Ho4 , Cuo4 Se2 Me ?	Waktu luang , kamu kerjakan apa ?
我喜歡看書， 看電視， Wo3 Si3 Huan1 Khan4 Shu1 , Khan4 Tien4 Se4 ,	Saya suka membaca buku , menonton TV ,
跟朋友聊天。 Ken1 Pheng2 Yo3 Liau2 Thien1 .	ngobrol dengan teman .
你可以跟阿嬤睡同一間嗎？ Ni3 Khe3 I3 Ken1 Ama Suei4 Thong2 I4 Cien1 Ma ?	Apakah kamu dapat tidur dengan Ama satu kamar ?

中文 Bhs. Mandarin	印尼文 Bhs. Indonesia
二，外勞在台灣辦手續與生活的內容篇 Er4, Wai4 Lau2 Cai4 Taiwan Pan4 So3 Si4 I3 Seng1 Huo2 Te Nei4 Rong2 Phien1	2 , Bagian Isi Prosedur dan Kehidupan TKA Di Taiwan QR Code 音檔
2.1 辦押指紋與居留證 Pan4 Ya1 Ce3 Wen2 I3 Chi1 Lio2 Ceng4	Mengurus Sidik Jari dan Mengurus Kartu ARC
移民署 I2 Ming2 Su3	Imigrasi
警察局 Cing3 Cha2 Ci2	Kantor Polisi
押指紋 Ya1 Ce3 Wen2	Sidik jari
罰錢 Fa2 Chien2	Denda uang
遣返 Chien3 Fan3	Dipulangkan
重照 Chung2 Cau4	Foto ulang
居留證 Ci1 Liu2 Ceng4	ARC / Kartu Ijin Tinggal
護照 Hu4 Cau4	Paspor

05

聘僱許可函 Phing4 Ku4 Si3 Khe3 Han2	Surat ijin kerja
簽名 Chien1 Ming2	Tanda tangan
蓋手印 Kai4 Sho3 In4	Cap jempol
規格 Kuei1 Ke2	Standar , aturan
押指紋時， 手要放輕鬆 。 Ya1 Ce3 Wen2 Se2 , Shou3 Yau4 Fang4 Ching1 Sung1 .	Waktu sidik jari , tangan harus lemas .
照片不能用了， 要重照 。 Cau4 Phien4 Pu4 Neng2 Yung4 Le , Yau4 Chung2 Cau4 .	Foto tidak dapat digunakan , harus foto lagi .
照片要按照規格。 Cau4 Phien4 Yau4 An4 Cau4 Kuei1 Ke2 .	Foto harus sesuai dengan aturan yang ditetapkan .
你來台灣幾年？ Ni3 Lai2 Taiwan Ci3 Nien2 ?	Kamu datang ke Taiwan berapa tahun ?
你來過台灣嗎？ Ni3 Lai2 Kuo4 Taiwan Ma ?	Apakah kamu pernah datang ke Taiwan ?
我來台灣三年了。 Wo3 Lai2 Taiwan San1 Nien2 Le .	Saya pernah datang ke Taiwan 3 tahun .

我要辦居留證兩年。 Wo3 Yau4 Pan4 Chi1 Lio2 Ceng4 Liang3 Nien2.	Saya ingin mengurus ARC dengan jangka waktu 2 tahun .
我要延期居留證一年。 Wo3 Yau4 Yen2 Chi2 Chi1 Lio2 Ceng4 I4 Nien2.	Saya mau memperpanjang ARC saya setahun .
你居留證的期限到什麼時候？ Ni3 Chi1 Lio2 Ceng4 Te Chi2 Sien4 Tau4 Se2 Me Se2 Ho4 ?	ARC kamu berlaku sampai kapan ?
我的居留證今年二月到期了。 Wo3 Te Chi1 Lio2 Ceng4 Cin1 Nien2 El4 Ye4 Tau4 Chi2 Le .	ARC saya sampai Febuari tahun ini habis masa berlakunya .
你的居留證不能超過期限， Ni3 Te Chi1 Lio2 Ceng4 Pu4 Neng2 Chau1 Kuo4 Chi2 Sien4 ,	ARC kamu jangan sampai lewat batas waktunya ,
恐怕你會被罰錢和遣返。 Khong3 Pha4 Ni3 Huei4 Pei4 Fa2 Chien2 He2 Chien3 Fan3 .	takutnya kamu akan didenda dan dipulangkan .
你是哪一國人？ Ni3 Se4 Nai3 I4 Kuo2 Ren2 ?	Kamu berasal dari Negara mana ?
我是印尼人。 Wo3 Se4 In4 Ni2 Ren2 .	Saya orang Indonesia

我是印尼華僑。 Wo3 Se4 In4 Ni2 Hua2 Chiau2 .	Saya Cina Indonesia .
我是越南人。 Wo3 Se4 Ye4 Nan2 Ren2.	Saya orang Vietnam .
我是菲律賓人。 Wo3 Se4 Fei1 Li4 Pin1 Ren2 .	Saya orang Filipina .
我是泰國人。 Wo3 Se4 Thai4 Kuo2 Ren2 .	Saya orang Thailand .
2.2 辦體檢 Pan4 Thi3 Cien3	Mengurus Tes Medikal
體檢 Thi3 Cien3	Tes Medikal
抽血 Cho1 Sie3	Ambil darah
大便 Ta4 Pien4	Kotoran / tahi
小便 Siau3 Pien4	Air kencing
X 光 X Kuang1	X – Ray
懷孕 Huai2 In4	Hamil
剛入境的體檢 Kang1 Ru4 Cing4 Te Thi3 Cien3	Tes medikal waktu baru sampai Taiwan .

06

抽血時， 手要放輕鬆。 Cho1 Sie3 Se2 , Shou3 Yau4 Fang4 Ching1 Sung1 .	Waktu ambil darah , tangan harus lemas.
小姐， 你要檢查 X 光， Siau3 Cie3 , Ni3 Yau4 Cien3 Cha2 X Kuang1 ,	Nona , kamu akan menjalani pemeriksaan X – Ray ,
你現在懷孕嗎？ Ni3 Sien4 Cai4 Huai2 In4 Ma ?	apakah kamu sedang hamil ?
如果懷孕不能做檢查， Ru2 Kuo3 Huai2 In4 Pu4 Neng2 Cuo4 Cien3 Cha2 ,	jika sedang hamil tidak boleh periksa ,
恐怕會影響胎兒。 Khong3 Pha4 Huei4 Ing3 Siang3 Thai1 Er2 .	takutnya akan mempengaruhi janin .
我沒有懷孕。 Wo3 Mei2 Yo3 Huai2 In4 .	Saya tidak hamil .
你有高血壓。 Ni3 Yo3 Kau1 Sie3 Ya1 .	Kamu ada darah tinggi .
你有低血壓。 Ni3 Yo3 Ti1 Sie3 Ya1 .	Kamu ada darah rendah .
你有近視。 Ni3 Yo3 Cin4 Se4 .	Kamu ada minus .
你有散光。 Ni3 Yo3 San3 Kuang1 .	Kamu ada silinder .
你有老花眼。 Ni3 Yo3 Lau3 Hua1 Yen3 .	Kamu ada rabun mata .

你要配眼鏡。 Ni3 Yau4 Phei4 Yen3 Cing4 .	Kamu harus pakai kacamata .
體檢時， 沒辦法大便， Thi3 Cien3 Se2 , Mei2 Pan4 Fa3 Ta4 Pien4 ,	Waktu tes medikal , tidak dapat buang air besar ,
不可以拿別人的大便， Pu4 Khe3 I3 Na2 Pie2 Ren2 Te Ta4 Pien4 ,	tidak boleh ambil kotoran orang lain ,
恐怕他的有蟲。 Khong3 Pha4 Tha1 Te Yo3 Chong2 .	takutnya kotoran orang lain ada cacing .
請護士給你浣腸， Ching3 Hu4 Se4 Kei3 Ni3 Wan3 Chang2 ,	Mohon perawat untuk memberikan kamu alat wan chang ,
把浣腸塞在肛門裡， 噴幾次， Pa3 Wan3 Chang2 Sai1 Cai4 Kang1 Men2 Li3 , Phen1 Ci3 Ces4 ,	sumbat alat wan chang tersebut di dubur , semprot beberapa kali ,
等幾分鐘後， 才去上廁所。 Teng3 Ci3 Fen1 Cung1 Ho4 , Cai2 Ci4 Sang4 Ces4 Suo3 .	lalu tunggu beberapa menit , pergi lagi buang air besar .
體檢合格。 Thi3 Cien3 He2 Ke2 .	Tes medikal lulus .
體檢不合格。 Thi3 Cien3 Pu4 He2 Ke2 .	Tes medikal tidak lulus .

大便裡有蟲， 所以要複檢。 Ta4 Pien4 Li3 Yo3 Chong2 , Suo2 Yi2 Yau4 Fu4 Cien4 .	Didalam kotoran ada cacing maka harus tes medikal ulang lagi .
請你吃打蟲藥， 按時吃。 Ching3 Ni3 Ce1 Ta3 Chong2 Yau4 , An4 Se2 Ce1 .	Mohon kamu untuk minum obat cacing , minum secara teratur .
請你注意衛生習慣。 Ching3 Ni3 Cu4 I4 Wei4 Seng1 Si2 Kuan4 .	Mohon kamu untuk memperhatikan kebersihan hidup .
上廁所完要洗手， Sang4 Ce4 Suo3 Wan2 Yau4 Si3 Sho3 ,	Setelah ke WC harus cuci tangan ,
吃生的水果或菜前， Ce1 Seng1 Te Suei3 Kuo3 Huo4 Chai4 Chien2 ,	sebelum makan buah atau sayur mentah
要洗的很乾淨。 Yau4 Si3 Te Hen3 Kan1 Cing4 .	harus dicuci sangat bersih lebih dulu .
你要有經常洗手的習慣。 Ni3 Yau4 Yo3 Cing1 Chang2 Si3 So3 Te Si2 Kuan4 .	Kamu harus mempunyai kebiasaan sering mencuci tangan .
2.3 訂票 Ting4 Phiau4	Memesan Tiket
飛機 Fei1 Ci1	Pesawat terbang

07

飛機票 Fei1 Ci1 Phiau4	Tiket pesawat terbang
時差 Se2 Cha1	Perbedaan waktu
雅加達 Ya3 Cia1 Ta2	Jakarta
開票 Khai1 Phiau4	Buka tiket
取消 Chi3 Siau1	Membatalkan
泗水 Ses4 Suei3	Surabaya
萬隆 Wan4 Long2	Bandung
三堡隆 San1 Pau3 Long2	Semarang
日惹 Re4 Re3	Yogyakarta
候補 Ho4 Pu3	Status tiket belum ok , tempat cadangan
位子 Wei4 Ce	Tempat duduk
起飛時間 Chi3 Fei1 Se2 Cien1	Waktu keberangkatan

抵達時間 Ti3 Ta2 Se2 Cien1	Waktu sampai tujuan
準時 Cun3 Se2	Tepat waktu
延遲 Yen2 Ces2	Menunda
延後 Yen2 Ho4	Menunda
餐點 Chan1 Tien3	Makanan
素食餐點 Su4 Se2 Chan1 Tien3	Vegetarian
水果餐點 Suei3 Kuo3 Chan1 Tien3	Makanan isi buah – buahan
兒童餐點 Er2 Thong2 Chan1 Tien3	Makanan untuk anak kecil
早班機 Cau3 Pan1 Ci1	Pesawat pagi
午班機 U3 Pan1 Ci1	Pesawat siang
晚班機 Wan3 Pan1 Ci1	Pesawat malam
經濟艙 Cing1 Ci4 Chang1	Kelas ekonomi

商務艙 Sang1 U4 Chang1	Kelas bisnis
頭等艙 Tho2 Teng3 Chang1	Kelas satu
單程 Tan1 Cheng2	Sekali jalan
來回 Lai2 Huei2	Pulang balik
旺季 Wang4 Ci4	Musim ramai
淡季 Tan4 Ci4	Musim sepi
馬上 Ma3 Sang4	Segera
收據 So1 Ci4	Bon
發票 Fa1 Phiau4 .	Bon
當地時間 Tang1 Ti4 Se2 Cien1	Waktu didaerah yang dituju
重出入境 Chong2 Chu1 Ru4 Cing4	Visa untuk balik kembali
度假 Tu4 Cia4	Liburan

工作期滿 Kung1 Cuo4 Chi2 Man3	Selesai kontrak kerja
印尼航空 In4 Ni2 Hang2 Khong1	Indonesia Airlines
中華航空 Cung1 Hua2 Hang2 Khong1	China Airlines
長榮航空 Chang2 Rong2 Hang2 Khong1	Eva Air
國泰航空 Kuo2 Thai4 Hang2 Khong1	Cathay Pacific Airlines
中華民國 Cung1 Hua2 Min2 Kuo2	Taiwan
香港 Siang1 Kang3	Hongkong
韓國 Han2 Kuo2	Korea
日本 Re4 Pen3	Jepang
美國 Mei3 Kuo2	Amerika
西班牙 Si1 Pan1 Ya2	Spanyol
法國 Fa4 Kuo2	Perancis

英國 Ing1 Kuo2	Inggris
德國 Te2 Kuo2	Jerman
中國 Cung1 Kuo2	China
大陸 Ta4 Lu4	China
馬來西亞 Ma3 Lai2 Si1 Ya3	Malaysia
新加坡 Sin1 Cia Pho1	Singapura
菲律賓 Fei1 Li4 Pin1	Filipina
泰國 Thai4 Kuo2	Thailand
阿拉伯 A1 La1 Po2	Arab
加拿大 Cia1 Na2 Ta4	Kanada
義大利 I4 Ta4 Li4	Italia
印度 In4 Tu4	India

亞洲 Ya3 Co1	Benua Asia
澳洲 Au4 Co1	Benua Australia
非洲 Fei1 Co1	Benua Afrika
歐洲 O1 Co1	Benua Eropa
你要訂單程或來回？ Ni3 Yau4 Ting4 Tan1 Cheng2 Huo4 Lai2 Huei2 ?	Kamu ingin pesan sekali jalan atau pulang pergi ?
你要訂飛機票到哪裡？ Ni3 Yau4 Ting4 Fei1 Ci1 Phiau4 Tau4 Na3 Li3 ?	Kamu ingin memesan tiket kemana ?
我要訂到雅加達。 Wo3 Yau4 Ting4 Tau4 Ya3 Cia1 Ta2 .	Saya mau pesan ke Jakarta .
抱歉！沒有位子了。 Pau4 Chien4 ! Mei2 Yo3 Wei4 Ce Le .	Maaf ! , tidak ada tempat duduk .
我幫你訂候補， 好嗎？ Wo3 Pang1 Ni3 Ting4 Ho4 Pu3 , Hau3 Ma ?	Saya bantu kamu pesan tempat duduk cadangan , ok ya ?
有位子， Yo3 Wei4 Ce ,	Ada tempat duduk ,

早上八點 (08:00) 的班機，可以嗎？ Cau3 Sang4 Pa1 Tien3 Te Pan1 Ci1 , Khe3 I3 Ma ?	pesawat pagi jam 08:00 , ok ya ?
好， 可以了。 Hau3 , Khe3 I3 Le	Baik , boleh .
我想要換比較早的班機。 Wo3 Siang3 Yau4 Huan4 Pi3 Ciau4 Cau3 Te Pan1 Ci1	Saya ingin ganti pesawat yang lebih pagi .
那你什麼時候要開票呢？ Na4 Ni3 Se2 Me Se2 Ho4 Yau4 Khai1 Phiau4 Ne ?	Kapan kamu ingin membuka tiket ?
什麼時候最後的期限要開票？ Se2 Me Se2 Ho4 Cuei4 Ho4 Te Chi2 Sien4 Yau4 Khai1 Phiau4 ?	Kapan batas waktu terakhir harus membuka tiket ?
這個月二十六 (26) 日以前， Ce4 Ke4 Ye4 El4 Se2 Liu4 Re4 I3 Chien2 ,	Sebelum tgl 26 bulan ini ,
一定要開票。 I2 Ting4 Yau4 Khai1 Phiau4 .	harus membuka tiket .

星期五以前一定要開票。 Sing1 Chi2 U3 I3 Chien2 I2 Ting4 Yau4 Khai1 Phiau4 .		Sebelum jumat ini harus membuka tiket .
仲介公司先幫你辦重出入境。 Cung4 Cie4 Kung1 Ses1 Sien1 Pang1 Ni3 Pan4 Chung2 Chu1 Ru4 Cing4 .		Agen bantu kamu terlebih dulu untuk mengurus visa untuk balik kembali .
2.4	轉出與承接 Cuan3 Chu1 I3 Cheng2 Cie1	Pindah Majikan dan Meneruskan kontrak kerja orang lain
轉出 Cuan3 Chu1		Pindah majikan
承接 Cheng2 Cie1		Meneruskan kontrak kerja orang lain
就業服務站 Cio4 Ye4 Fu2 U4 Can4		Departemen melayani mencari pekerjaan
過世 Kuo4 Se4		Meninggal
被照顧人 Pei4 Cau4 Ku4 Ren2		Orang yang dirawat
死亡證明 Se3 Wang2 Ceng4 Ming2		Surat kematian
工期 Kung1 Chi2		Lama kontrak kerja

08

剩下 Seng4 Sia4	Sisa
放心 Fang4 Sin1	Tidak khawatir
擔心 Tan1 Sin1	Khawatir
害怕 Hai4 Pha4	Takut
打包 Ta3 Pau1	Mengepak , membungkus
行李 Sing2 Li3	Koper
考慮 Khau3 Li4	Pikir – pikir
清楚 Ching1 Chu3	Jelas
決定 Cue2 Ting4	Memutuskan
確定 Chue4 Ting4	Pasti
接受 Cie1 So4	Menerima
行李 Sing2 Li3	Koper , bagasi

回家 Huei2 Cia1	Pulang ke rumah
回印尼 Huei2 In4 Ni2	Pulang ke Indonesia
阿妮， 阿嬤過世了， Ani , Ama Kuo4 Se4 Le ,	Ani , Ama sudah meninggal ,
所以我們會幫你找新的雇主。 Suo3 I3 Wo3 Men Huei4 Pang1 Ni3 Cau3 Sin1 Te Ku4 Cu3 .	jadi kami akan bantu kamu untuk mencari majikan baru .
不要擔心， 我們會幫你轉出。 Pu2 Yau4 Tan1 Sin1 , Wo3 Men Huei4 Pang1 Ni3 Cuan3 Chu1 .	Jangan khawatir , kami akan bantu kamu pindah majikan .
下禮拜四， Sia4 Li3 Pai4 Ses4 ,	Kamis depan ,
我們要到台北市就業服務中心， Wo3 Men Yau4 Tau4 Taipei Se4 Cio4 Ye4 Fu2 U4 Cung1 Sin1 ,	Kita akan ke departemen pelayanan Taipei City untuk mencari pekerjaan ,
有新的雇主想要看你。 Yo3 Sin1 Te Ku4 Cu3 Siang3 Yau4 Khan4 Ni3 .	ada majikan baru yang ingin melihat kamu .
你可以自己決定， Ni3 Khe3 I3 Ce4 Ci3 Cue2 Ting4 ,	Kamu dapat memutuskan sendiri

要不要接受這個工作。 Yau4 Pu2 Yau4 Cie1 So4 Ce4 Ke Kung1 Cuo4 .	ingin menerima pekerjaan ini atau tidak .
你要打包你的所有的行李。 Ni3 Yau4 Ta3 Pau1 Ni3 Te Suo3 Yo3 Te Sing2 Li3 .	Kamu harus mengepak semua barang kamu .
不要忘記檢查， Pu2 Yau4 Wang4 Ci4 Cien3 Cha2 ,	Jangan lupa memeriksa ,
有沒有你的東西， Yo3 Mei2 Yo3 Ni3 Te Tung1 Si1 ,	apakah ada barang kamu ,
在陽台， 洗手間， 鞋櫃等等。 Cai4 Yang2 Thai2 , Si3 So3 Cien1 , Sie2 Kuei4 Teng3 Teng3	dibalkon , kamar mandi , lemari sepatu dll .
小姐， 我不要轉出， Siau3 Cie3 , Wo3 Pu2 Yau4 Cuan3 Chu1 ,	Nona , saya tidak mau pindah majikan ,
我要回去印尼。 Wo3 Yau4 Huei2 Ci4 In4 Ni2 .	saya ingin pulang ke Indonesia .
你要考慮清楚。 Ni3 Yau4 Khau3 Li4 Ching1 Chu3 .	Kamu harus pikir masak masak .
我的孩子生病了， Wo3 Te Hai2 Ce Seng1 Ping4 Le ,	Anak saya sakit ,
沒有人照顧， Mei2 Yo3 Ren2 Cau4 Ku4 ,	tidak ada orang yang merawatnya ,

所以我要回印尼。 Suo3 I3 Wo3 Yau4 Huei2 In4 Ni2 .	jadi saya ingin pulang ke Indonesia .
2.5 銀行 In2 Hang2	Bank
錢 Chien2	Uang
現金 Sien4 Cin1	Uang tunai
鈔票 Chau1 Phiau4	Uang kertas
零錢 Ling2 Chien2	Uang receh
銅板 Thong2 Pan3	Uang logam
小鈔 Siau3 Chau1	Uang bernilai kecil
大鈔 Ta4 Chau1	Uang bernilai besar
紙鈔 Ce3 Chau1	Uang kertas
護照 Hu4 Cau4	Paspor
居留證 Ci1 Lio2 Ceng4	Kartu ARC

09

印章 In4 Cang1	Stempel
存摺 Chun2 Ce2	Buku tabungan
存錢 Chun2 Chien2	Menabung uang
存款 Chun2 Khuan3	Menabung uang
領錢 Ling3 Chien2	Mengambil uang
取款 Chi3 Khuan3	Mengambil uang
提款 Thi2 Khuan3	Mengambil uang
支票 Ce1 Phiau4	Cek
旅行支票 Li3 Sing2 Ce1 Phiau4	Voucher tur
匯款 Huei4 Khuan3	Mengirim uang
匯率 Huei4 Li4	Kurs
兌換 Tuei4 Huan4	Menukar

提款卡 Thi2 Khuan3 Kha3	Kartu ATM
金融卡 Cin1 Rong2 Kha3	Kartu ATM
自動提款機 Ce4 Tung4 Thi2 Khuan3 Ci1	Mesin ATM
補摺機 Pu3 Ce2 Ci1	Mesin untuk menggesek buku tabungan
抽號碼牌 Cho1 Hau4 Ma3 Phai2	Ambil nomor antri
櫃台 Kuei4 Thai2	Loket
印尼盾 In4 Ni2 Tun4	Rupiah
台幣 Tai2 Pi4	Uang dolar Taiwan
美金 Mei3 Cin1	Uang US dolar
貶值 Pien3 Ce2	Nilai mata uang turun
升值 Seng1 Ce2	Nilai mata uang naik
填表格 Thien2 Piau3 Ke2	Mengisi formulir

簽名 Chien1 Ming2	Tanda tangan
多少錢？ Tuo1 Sau3 Chien2 ?	Berapa duit ?
小姐， 你要先抽號碼牌。 Siau3 Cie3 , Ni3 Yau4 Sien1 Cho1 Hau4 Ma3 Phai2 .	Nona , kamu harus ambil nomor antri .
小姐， 我要開設新帳戶。 Siau3 Cie3 , Wo3 Yau4 Khai1 Se4 Sin1 Cang4 Hu4 .	Nona , saya ingin membuka rekening baru .
你有帶護照和居留證嗎？ Ni3 Yo3 Tai4 Hu4 Cau4 He2 Ci1 Lio2 Ceng4 Ma ?	Apakah kamu ada membawa paspor dan kartu ARC ?
你要申請金融卡嗎？ Ni3 Yau4 Sen1 Ching3 Cin1 Rong2 Kha3 Ma ?	Apakah kamu ingin mengurus kartu ATM ?
這些表格請你簽名。 Ce4 Sie1 Piau3 Ke2 Ching3 Ni3 Chien1 Ming2 .	Mohon kamu untuk menandatangani formulir – formulir ini.
你有帶印章嗎？ Ni3 Yo3 Tai4 In4 Cang1 Ma ?	Apakah kamu ada bawa stempel ?
我沒有印章。 Wo3 Mei2 Yo3 In4 Cang1 .	Saya tidak ada stempel .

沒有印章， 沒有關係， Mei2 Yo3 In4 Cang1 , Mei2 Yo3 Kuan1 Si4 ,	Tidak ada stempel , tidak apa – apa ,
簽名就可以了。 Chien1 Ming2 Cio4 Khe3 I3 Le .	tanda tangan saja .
你要存多少錢？ Ni3 Yau4 Chun2 Tuo1 Shau3 Chien2 ?	Berapa yang kamu ingin tabung ?
我要存一千塊。 Wo3 Yau4 Chun2 I4 Chien1 Khuai4 .	Saya ingin menabung seribu dolar .
請你填存款單。 Ching3 Ni3 Thien2 Chun2 Khuan3 Tan1 .	Mohon kamu untuk mengisi formulir menabung uang .
請你填提款單。 Ching3 Ni3 Thien2 Thi2 Khuan3 Tan1 .	Mohon kamu untuk mengisi formulir mengambil uang .
小姐， 請你輸入六位數的密碼。 Siau3 Cie3 , Ching3 Ni3 Su1 Ru4 Liu4 Wei4 Su4 Te Mi4 Ma3 .	Nona , mohon memasukkan nomor pin 6 nomor .
沒有成功， Mei2 Yo3 Cheng2 Kung1 ,	Tidak berhasil ,
請你再輸入一次。 Ching3 Ni3 Cai4 Su1 Ru4 I2 Ces4 .	mohon kamu memasukkan sekali lagi .

這張是你的提款卡。 Ce4 Cang1 Se4 Ni3 Te Thi2 Khuan3 Kha3 .	Ini kartu ATM kamu .
我要換成零錢。 Wo3 Yau4 Huan4 Cheng2 Ling2 Chien2 .	Saya ingin menukar uang receh .
我要把台幣換成美金， Wo3 Yau4 Pa3 Tai2 Pi4 Huan4 Cheng2 Mei3 Cin1 .	Saya ingin menukar uang dolar Taiwan dengan US dolar ,
今天的匯率是多少？ Cin1 Thien1 Te Huei4 Li4 Se4 Tuo1 Sau3 ?	Berapa kurs hari ini ?
你要換成大鈔或小鈔？ Ni3 Yau4 Huan4 Cheng2 Ta4 Chau1 Huo4 Siau3 Chau1 ?	Kamu ingin menukar uang besar atau uang kecil ?
各一半， 可以嗎？ Ke4 I2 Pan4 , Khe3 I3 Ma ?	Masing – masing setengah , ok ya ?
沒問題， 當然可以， Mei2 Wen4 Thi2 , Tang1 Ran2 Khe3 I3 ,	Tidak jadi masalah , tentu saja boleh ,
請你點收。 Ching3 Ni3 Tien3 So1 .	Mohon anda untuk menghitung .
2.6 打電話 Ta3 Tien4 Hua4	Menelepon
電話 Tien4 Hua4	Telepon

手機 So3 Ci1	HP , telepon genggam
行動電話 Sing2 Tung4 Tien4 Hua4	HP , telepon genggam
接電話 Cie1 Tien4 Hua4	Menerima telepon
留話 Lio2 Hua4	Meninggalkan pesan
留言 Lio2 Yen2	Meninggalkan pesan
電話壞了 Tian4 Hua4 Huai4 Le	Telepon rusak
電話故障 Tian4 Hua4 Ku4 Cang4	Telepon rusak
請稍等 Ching3 Sau1 Teng3	Mohon tunggu sebentar
請等一下 Ching3 Teng3 I2 Sia4	Mohon tunggu sebentar
大聲一點 Ta4 Seng1 I4 Tien3	Suara keraskan sedikit
小聲一點 Siau3 Seng1 I4 Tien3	Suara kecilkan sedikit
講很久 Ciang3 Hen3 Cio3	Bicara terlalu lama

再見 Cai4 Cien4	Sampai jumpa lagi
掛斷 Kua4 Tuan4	Memutuskan hubungan telepon
講話中 Ciang3 Hua4 Cung1	Sedang bicara
長途電話 Chang2 Thu2 Tien4 Hua4	Telepon interlokal
國內長途電話 Kuo2 Nei4 Chang2 Thu2 Tien4 Hua4	Telepon interlokal dalam negeri
國外長途電話 Kuo2 Wai4 Chang2 Thu2 Tien4 Hua4	Telepon interlokal luar negeri
電話簿 Tien4 Hua4 Pu4	Buku telepon
由對方付費的電話 Yo2 Tuei4 Fang1 Fu4 Fei4 Te Tien4 Hua4	Collect call
喂 ， 你好， 陳先生在嗎？ Wei2 , Ni3 Hau3 , Chen2 Sien1 Seng1 Cai4 Ma ?	Hallo , apakah Mr. Chen ada ?
他在， 你貴姓？ Tha1 Cai4 , Ni3 Kuei4 Sing4 ?	Dia ada , kamu bermarga apa ?
敝姓王。 Pi4 Sing4 Wang2 .	Marga saya Wang (sangat hormat) .

他不在， 有什麼事情嗎？ Tha1 Pu2 Cai4 , Yo3 Se2 Me Se4 Ching2 Ma ?	Dia tidak ada , ada keperluan apa ?
他不在， 他出去了， Tha1 Pu2 Cai4 , Tha1 Chu1 Chi4 Le ,	Dia tidak ada , dia pergi keluar ,
你要留話嗎 ? Ni3 Yau4 Lio2 Hua4 Ma?	apakah kamu ingin meninggalkan pesan ?
好， 他回家後， Hau3 , Tha1 Huei2 Cia1 Ho4 ,	Baik , setelah dia pulang kerumah ,
請他打電話給我， Ching3 Tha1 Ta3 Tien4 Hua4 Kei3 Wo3 .	mohon dia untuk menelepon saya ,
我是他的好朋友， 小明。 Wo3 Se4 Tha1 Te Hau3 Pheng2 Yo3 , Siau3 Ming2 .	saya adalah teman baiknya , Siau Ming .
我會告訴他， 再見。 Wo3 Huei4 Kau4 Su4 Tha1 , Cai4 Cien4.	Saya akan beritahu dia , sampai jumpa lagi .
請你講大聲一點， Ching3 Ni3 Ciang3 Ta4 Seng1 I1 Tien3	Mohon kamu bicara keras sedikit ,
我聽不到你的聲音。 Wo3 Thing1 Pu2 Tau4 Ni3 Te Seng1 In1 .	saya tidak dapat mendengar suara kamu .

阿妮， 你可以幫我接電話嗎？ Ani, Ni3 Khe3 I3 Pang1 Wo3 Cie1 Tien4 Hua4 Ma ?	Ani , dapatkan kamu menolong saya menerima telepon ?
不好意思， 他有客人， Pu4 Hau3 I4 Ses , Tha1 Yo3 Khe4 Ren2 ,	Maaf , dia ada tamu ,
不方便接電話。 Pu4 Fang1 Pien4 Cie1 Tien4 Hua4 .	tidak dapat menerima telepon .
西蒂， 你的電話太多了， Siti , Ni3 Te Tien4 Hua4 Thai4 Tuo1 Le	Siti , kamu terlalu banyak menerima telepon ,
已經影響你的工作了。 I3 Cing1 Ing3 Siang3 Ni3 Te Kung1 Cuo4 Le.	sudah mempengaruhi pekerjaan kamu .
不好意思， 我了解。 Pu4 Hau3 I4 Ses , Wo3 Liau3 Cie3 .	Maaf , saya mengerti .
請你不要講太久。 Ching3 Ni3 Pu2 Yau4 Ciang3 Thai4 Cio3 .	Mohon kamu jangan bicara terlalu lama .
不好意思， 你打錯電話了。 Pu4 Hau3 I4 Ses , Ni3 Ta3 Cuo4 Tien4 Hua4 Le .	Maaf , kamu salah menelepon .

不好意思，你撥錯號碼了。 Pu4 Hau3 I4 Ses ,Ni3 Po1 Cuos4 Hau4 Ma3 Le .		Maaf , kamu salah putar nomor .
電話號碼幾號？ Tien4 Hua4 Hau4 Ma3 Ci3 Hau4 ?		Nomor telepon nomor berapa ?
2.7	放假 Fang4 Cia4	Liburan
假日 Cia4 Re4		Liburan
放假 Fang4 Cia4		Liburan
放暑假 Fang4 Su3 Cia4		Liburan musim panas
放寒假 Fang4 Han2 Cia4		Liburan musim dingin
請假 Ching3 Cia4		Ijin libur
病假 Ping4 Cia4		Ijin libur karena sakit
事假 Se4 Cia4		Ijin libur karena ada urusan
年假 Nien2 Cia4		Cuti tahunan

11

特休 The4 Sio1	Cuti tahunan
回教徒的過年 Huei2 Ciau4 Thu2 Te Kuo4 Nien2	Lebaran muslim
加班 Cia1 Pan1	Lembur
加班費 Cia1 Pan1 Fei4	Uang lembur
街 Cie1	Jalan
路 Lu4	Jalan
路口 Lu4 Kho3	Mulut jalan
南 Nan2	Selatan
北 Pei3	Utara
東 Tung1	Timur
西 Si1	Barat
巷 Siang4	Gang

弄 Nung4	Gang kecil , jalan kecil
橋 Chiau2	Jembatan
左邊 Cuo3 Pien1	Sebelah kiri
右邊 Yo4 Pien1	Sebelah kanan
左轉 Cuo3 Cuan3	Belok kiri
右轉 Yo4 Cuan3	Belok kanan
這裡 Ce4 Li3	Disini
那裡 Na4 Li3	Disana
哪裡？ Na3 Li3 ?	Dimana ?
很近 Hen3 Cin4	Sangat dekat
很遠 Hen3 Yen3	Sangat jauh
前面 Chien2 Mien4	Didepan

後面 Ho4 Mien4	Dibelakang
直走 Ce2 Cuo3	Terus jalan
在轉角 Cai4 Cuan3 Ciau3	Ditikungan
在附近 Cai4 Fu4 Cin4	Disekitar
還有多遠？ Hai2 Yo3 Tuo1 Yen3 ?	Berapa jauh lagi ?
還有多久？ Hai2 Yo3 Tuo1 Cio3 ?	Berapa lama lagi ?
還很遠 Hai2 Hen3 Yen3	Masih jauh
紅綠燈 Hong2 Li4 Teng1	Lampu merah
斑馬線 Pan1 Ma3 Sien4	Zebra cross
人行道 Ren2 Sing2 Tau4	Pedestrian
十字路口 Se2 Ce4 Lu4 Kho3	Perempatan jalan
入口 Ru4 Kho3	Pintu masuk

出口 Chu1 Kho3	Pintu keluar
迷路 Mi2 Lu4	Tersesat
路標 Lu4 Piau1	Penunjuk jalan
路線圖 Lu4 Sien4 Thu2	Peta Rute
地圖 Ti4 Thu2	Peta
公車站牌 Kung1 Che1 Can4 Phai2	Halte bis
計程車 Ci4 Cheng2 Che1	Taxi
公車 Kung1 Che1	Bis
腳踏車 Ciau3 Tha4 Che1	Sepeda
摩托車 Mo2 Thuo1 Che1	Motor
汽車 Chi4 Che1	Mobil
捷運 Cie2 In4	MRT

高鐵 Kau1 Thie3	High Speed Rail
火車 Huo3 Che1	Kereta api
飛機 Fei1 Ci1	Kapal terbang
車費 Che1 Fei4	Ongkos naik kendaraan
悠遊卡 Yo1 Yo2 Kha3	Kartu untuk naik bis dan mrt
學生票 Sie2 Seng1 Phiau4	Tiket untuk anak sekolah
軍人票 Cin1 Ren2 Phiau4	Tiket untuk tentara
全票 Chien2 Phiau4	Biaya penuh
半票 Pan4 Phiau4	Biaya setengah harga
上車收票 Sang4 Che1 So1 Phiau4	Sebelum naik bayar lebih dulu
下車收票 Sia4 Che1 So1 Phiau4	Ingin turun bayar lebih dulu
司機 Ses4 Ci1	Supir

博愛座 Po2 Ai4 Cuo4	Priority seat
請繫安全帶 Ching3 Si4 An1 Chuen2 Tai4	Mohon mengenakan sabuk pengaman
先生， 我可不可以下個月放假呢？ Sien1 Seng1 , Wo3 Khe3 Pu4 Khe3 I3 Sia4 Ke Ye4 Fang4 Cia4 Ne ?	Tuan , apakah saya boleh bulan depan libur ?
可以， 三月二十六日你可以放假。 Khe3 I3 , San1 Ye4 El4 Se2 Liu4 Re4 Ni3 Khe3 I3 Fang4 Cia4 .	Boleh , 26 Maret kamu boleh libur .
你放假從早上八點到晚上八點， Ni3 Fang4 Cia4 Chung2 Cau3 Sang4 Pa1 Tien3 Tau4 Wan3 Sang4 Pa1 Tien3 ,	Kamu libur dari jam 8 pagi sampai jam 8 malam ,
晚上八點前一定要到家。 Wan3 Sang4 Pa1 Tien3 Chien2 I2 Ting4 Yau4 Tau4 Cia1 .	sebelum jam 8 malam kamu harus sudah kembali ke rumah .
好， 我了解， 謝謝你。 Hau3 , Wo3 Liau3 Cie3 , Sie4 Sie Ni3 .	Baik , saya mengerti , banyak terima kasih .

不要在外面交不好的朋友。 Pu2 Yau4 Cai4 Wai4 Mien4 Ciau1 Pu4 Hau3 Te Pheng2 Yo3 .	Diluar jangan bergaul dengan teman yang tidak baik .
你要懂得照顧自己。 Ni3 Yau4 Tong3 Te Cau4 Ku4 Ce4 Ci3 .	Kamu harus tahu menjaga diri sendiri .
西蒂，你工作一年有特休七天， Siti , Ni3 Kung1 Cuo4 I4 Nien2 Yo3 The4 Sio1 Chi1 Thien1,	Siti , kamu kerja setahun ada libur tahunan 7 hari ,
你可以加班嗎？ Ni3 Khe3 I3 Cia1 Pan1 Ma ?	apakah kamu ingin lembur ?
我會給你加班費。 Wo3 Huei4 Kei3 Ni3 Cia1 Pan1 Fei4 .	saya akan berikan kamu uang lembur .
好，我要五天加班，兩天放假。 Hau3 , Wo3 Yau4 U3 Thien1 Cia1 Pan1 , Liang3 Thien1 Fang4 Cia4 .	Baik , saya ingin lembur 5 hari , libur 2 hari .
你放假要去哪裡？ Ni3 Fang4 Cia4 Yau4 Chi4 Na3 Li3 ?	Kamu libur ingin kemana ?
我要到台北車站。 Wo3 Yau4 Tau4 Taipei Ce1 Can4 .	Saya ingin pergi ke stasiun Taipei .

請你告訴我到台北車站，怎麼走？ Ching3 Ni3 Kau4 Su4 Wo3 Tau4 Taipei Che1 Can4 , Ce3 Me Co3 ?	Mohon beritahu saya bagaimana cara ke Stasiun Taipei ?
很抱歉，我不知道。 Hen3 Pau4 Chien4 , Wo3 Pu4 Ce1 Tau4 .	Sangat menyesal , saya tidak tahu .
就在前方，不遠！ Cio4 Cai4 Chien2 Fang1 , Pu4 Yen3 !	Itu di depan , tidak jauh !
直走就到了。 Ce2 Co3 Cio4 Tau4 Le .	Jalan terus sampai .
公車站離這裡多遠？ Kung1 Che1 Can4 Li2 Ce4 Li3 Tuo1 Yen3 ?	Halte bis dari sini berapa jauh lagi ?
沒辦法用走的， Mei2 Pan4 Fa3 Yung4 Co3 Te ,	Tidak bisa dengan jalan kaki ,
請你要坐公車。 Ching3 Ni3 Yau4 Cuo4 Kung1 Che1 .	silahkan kamu naik bis .
不會太遠， Pu2 Huei4 Thai4 Yen3 ,	Tidak terlalu jauh ,
再走大概五分鐘就到了。 Cai4 Co3 Ta4 Kai4 U3 Fen1 Cung1 Cio4 Tau4 Le .	berjalan kaki kira – kira 5 menit lagi sampai .

在十字路口向右轉。 Cai4 Se2 Ce4 Lu4 Kho3 Siang4 Yo4 Cuan3 .	Diperempatan jalan belok kanan .
在第一個紅綠燈的地方向右轉。 Cai4 Ti4 I1 Ke Hong2 Li4 Teng1 Te Ti4 Fang1 Siang4 Yo4 Cuan3 .	Dilampu merah pertama belok kanan.
你已經走過頭了， Ni3 I3 Cing1 Co3 Kuo4 Tho2 Le ,	Kamu sudah melewatinya ,
請你回頭。 Ching3 Ni3 Huei2 Tho2 .	mohon kamu balik arah .
我迷路了。 Wo2 Mi2 Lu4 Le .	Saya tersesat .

2.8	購物 Ko4 U4	Membeli Barang

買 Mai3	Membeli
賣 Mai4	Menjual
付錢 Fu4 Chien2	Membayar
老闆 Lau3 Pan3	Boss , pak sebutan untuk pemilik toko
老闆娘 Lau3 Pan3 Niang2	Boss wanita , bu sebutan untuk pemilik toko

商店 Shang1 Tien4	Toko
店 Tien4	Toko
店員 Tien4 Yen2	Pelayan toko
服務生 Fu2 U4 Seng1	Pelayan
工讀生 Kung1 Tu2 Seng1	Pelajar yang bekerja sambilan sebagai pelayan
會員卡 Huei4 Yen2 Kha3	Kartu anggota
付現金 Fu4 Sien4 Cin1	Bayar uang tunai
總額 Cong3 E2	Total
總共 Cong3 Kong3	Total
刷卡 Sua1 Kha3	Bayar dengan kartu kredit
信用卡 Sin4 Yung4 Kha3	Kartu kredit
收據 So1 Ci4	Bon

發票 Fa1 Phiau4	Bon
鞋子 Sie2 Ce	Sepatu
高跟鞋 Kau1 Ken1 Sie2	Sepatu hak tinggi
運動鞋 In4 Tung4 Sie2	Sepatu olahraga
衣服 I1 Fu2	Baju
裙子 Cin2 Ce	Rok
褲子 Khu4 Ce	Celana
玩具 Wan2 Ci4	Mainan
筆記型電腦 Pi3 Ci4 Sing2 Tien4 Nau2	Laptop
手機 So3 Ci1	HP
隨身聽 Suei2 Sen1 Thing1	Walkman
手錶 So3 Piau3	Jam tangan

皮夾 Phi2 Cia2	Dompet kulit
雨傘 I3 San3	Payung
口紅 Kho3 Hong2	Lipstick
護唇膏 Hu4 Chun2 Kau1	Lipgloss
香水 Siang1 Suei3	Minyak wangi
手環 So3 Huan2	Gelang tangan
戒指 Cie4 Ce3	Cincin
耳環 Er3 Huan2	Anting
項鍊 Siang4 Lien4	Kalung
買一送一 Mai3 I1 Sung4 I1	Beli satu gratis satu
送贈品 Sung4 Ceng4 Phin3	Hadiah gratis
家電 Cia1 Tien4	Toko yang menjual peralatan elektronik

菜市場 Chai4 Se4 Chang3	Pasar sayur
超級市場 Chau1 Ci2 Se4 Chang3	Swalayan
雜貨店 Ca2 Huo4 Tien4	Toko kelontong
珠寶店 Cu1 Pau3 Tien4	Toko perhiasan
銀樓 In2 Lo2	Toko perhiasan
文具行 Wen2 Ci4 Hang2	Toko peralatan tulis
百貨公司 Pai3 Huo4 Kung1 Ses1	Departement Store
很便宜 Hen3 Phien2 I2	Sangat murah
退錢 Thuei4 Chien2	Kembalikan uang yang sudah dibayar
退還 Thuei4 Huan2	Barang dikembalikan dan diganti dengan yang lain
很貴 Hen3 Kuei4	Sangat mahal
定價 Ting4 Cia4	Harga pas

特價 The4 Cia4	Harga diskon
折扣 Ce2 Kho4	Potongan
打折 Ta3 Ce2	Diskon
一折 I1 Ce2	Diskon 90%
二折、 兩折 El4 Ce2 , Liang3 Ce2	Diskon 80%
三折 San1 Ce2	Diskon 70%
四折 Ses4 Ce2	Diskon 60%
五折 U3 Ce2	Diskon 50%
對折 Tuei4 Ce2	Diskon 50%
六折 Liu4 Ce2	Diskon 40%
七折 Chi1 Ce2	Diskon 30%
八折 Pa1 Ce2	Diskon 20%

九折 Ciu3 Ce2	Diskon 10%
限同商品 Sien4 Thong2 Sang1 Phin3	Dibatasi untuk produk barang yang sama
換季品 Huan4 Ci4 Phin3	Barang diskon karena ganti musim
討價還價 Thau3 Cia4 Huan2 Cia4	Tawar menawar
有效期限 Yo3 Siau4 Chi2 Sien4	Masa kadaluwarsa
製造日期 Ce4 Cau4 Re4 Chi2	Tgl pembuatan
過期 Kuo4 Chi2	Sudah kadaluwarsa
老闆，這個多少錢？ Lau3 Pan3 , Ce4 Ke Tuo1 Sau3 Chien2 ?	Pak , ini berapa harganya ?
老闆娘，這件衣服多少錢？ Lau3 Pan3 Niang2 , Ce4 Cien4 I1 Fu2 Tuo1 Sau3 Chien2 ?	Bu , baju ini harganya berapa ?
請問，這件有折扣嗎？ Ching3 Wen4 , Ce4 Cien4 Yo3 Ce2 Kho4 Ma ?	Numpang tanya , apakah ini ada potongan harga ?
這件已經特價了。 Ce4 Cien4 I3 Cing1 The4 Cia4 Le .	Barang ini sudah harga special diskon .

這件可以再便宜一一點嗎？ Ce4 Cien4 Khe3 I3 Cai4 Phien2 I2 I1 Tien3 Ma ?	Apakah barang ini dapat lebih murah lagi ?
真不好意思 ， Cen1 Pu4 Hau3 I4 Ses ,	Sangat menyesal ,
真的沒有辦法 。 Cen1 Te Mei2 Yo3 Pan4 Fa3	benar benar tidak bisa .
我想要換別的東西 。 Wo3 Siang3 Yau4 Huan4 Pie2 Te Tung1 Si1 .	Saya ingin menukar dengan barang yang lain .
非常抱歉 ， 我想要退錢 。 Fei1 Chang2 Pau4 Chien4 , Wo3 Siang3 Yau4 Thuei4 Chien2 .	Sangat menyesal , saya ingin uang saya kembali .
我想要買這個 ， Wo3 Siang3 Yau4 Mai3 Ce4 Ke ,	Saya ingin membeli ini ,
請你幫我包起來 。 Ching3 Ni3 Pang1 Wo3 Pau1 Chi3 Lai2	mohon kamu membantu saya membungkusnya .
2.9 離境 Li2 Cing4	Meninggalkan Suatu Negara
機場 Ci1 Chang3	Bandara , Airport
入境 Ru4 Cing4	Kedatangan

🔔 13

出境 Chu1 Cing4	Keberangkatan
登記卡 Teng1 Ci4 Kha3	Boarding pass
登機門 Teng1 Ci1 Men2	Gate , pintu keberangkatan pesawat
空服員 Khong1 Fu2 Yen2	Awak pesawat
空姐 Khong1 Cie3	Pramugari
空少 Khong1 Sau4	Pramugara
機長 Ci1 Cang3	Pilot
免稅商店 Mien3 Suei4 Shang1 Tien4	Dutty free
香菸 Siang1 Yen1	Rokok
超重 Chau1 Cung4	Berat melebihi kapasitas
你的行李超重了， Ni3 Te Sing2 Li3 Chau1 Cung4 Le .	Bagasi kamu melebihi kapasitas ,
請你要付超重費。 Ching3 Ni3 Yau4 Fu4 Chau1 Cung4 Fei4 .	kamu harus membayar biaya kelebihan kapasitas .

請你給我一個靠窗的座位。 Ching3 Ni3 Kei3 Wo3 I2 Ke Khau4 Chuang1 Te Cuo4 Wei4 .	Mohon memberi saya tempat duduk dekat jendela .
沒有了， 只有靠走道的座位。 Mei3 Yo3 Le , Ce3 Yo3 Khau4 Co3 Tau4 Te Cuo4 Wei4 .	Tidak ada , hanya ada tempat duduk dekat koridor .

中文 Bhs. Mandarin	印尼文 Bhs. Indonesia
三、照顧篇 San1. Cau4 Ku4 Phien1	3. Bagian Merawat
3·1 照顧老人家 Cau4 Ku4 Lau3 Ren2 Cia1	Merawat Orang Tua
翻譯 Fan1 I4	Penerjemah
印尼老師 In4 Ni2 Lau3 Se1	Guru Indonesia
習慣 Si2 Kuan4	Dapat adaptasi
不習慣 Pu4 Si2 Kuan4	Tidak dapat adaptasi
聽不懂 Thing1 Pu4 Tong3	Dengar tapi tidak mengerti
看不懂 Khan4 Pu4 Tong3	Melihat tapi tidak mengerti
點心 Tien3 Sin1	Makanan kecil
水果 Suei3 Kuo3	Buah
輪椅 Lun2 I3	Kursi roda
拐杖 Kuai3 Cang4	Kruk

14

散步 San4 Pu4	Jalan – jalan
牽他 Chien1 Tha1	Tuntun dia
扶他 Fu2 Tha1	Papah dia
尿壺 Niau4 Hu2	Pispot
公園 Kung1 Yen2	Taman
梳頭 Su1 Tho2	Menyisir rambut
換衣服 Huan4 I1 Fu2	Mengganti baju
脫衣服 Thuo1 I1 Fu2	Melepaskan baju
中藥 Cung1 Yau4	Obat cina
西藥 Si1 Yau4	Obat barat
擦藥 Cha1 Yau4	Mengolesi obat
藥罐子 Yau4 Kuan4 Ce	Botol obat

藥丸 Yau4 Wan2	Pil
藥粉 Yau4 Fen3	Bubuk obat
膠囊 Ciau1 Nang2	Kapsul
藥膏 Yau4 Kau1	Obat salep
外用藥 Wai4 Yung4 Yau4	Obat luar tidak diminum
口服 Kho3 Fu2	Obat diminum
吃藥 Ce1 Yau4	Minum obat
飯前吃的藥 Fan4 Chien2 Ce1 Te Yau4	Minum obat sebelum makan
飯後吃的藥 Fan4 Ho4 Ce1 Te Yau4	Minum obat sesudah makan
睡覺前吃的藥 Suei4 Ciau4 Chien2 Ce1 Te Yau4	Minum obat sebelum tidur
一天吃三次的藥 I1 Thien1 Ce1 San1 Ces4 Te Yau4	Sehari minum obat 3 kali
量血糖 Liang2 Sie3 Thang2	Ukur gula darah

打呼 Ta3 Hu1	Mengorok
好冷 Hau3 Leng3	Sangat dingin
好熱 Hau3 Re4	Sangat panas
食慾 Se2 I4	Napsu makan
白頭髮 Pai2 Tho2 Fa3	Uban
小心 Siau3 Sin1	Hati – hati
保重 Pau3 Cung4	Jaga diri
不要太快 Pu2 Yau4 Thai4 Khuai4	Jangan terlalu cepat
不要急 Pu2 Yau4 Ci2	Jangan buru – buru
對不起 Tuei4 Pu4 Chi3	Maaf
抱歉 Pau4 Chien4	Maaf
麻煩你 Ma2 Fan2 Ni3	Merepotkan kamu

謝謝你的幫忙 Sie4 Sie Ni3 Te Pang1 Mang2	Terima kasih atas bantuan kamu
謝謝你的關心 Sie4 Sie Ni3 Te Kuan1 Sin1	Terima kasih atas perhatian kamu
快一點 Khuai4 I4 Tien3	Cepat sedikit
慢一點 Man4 I4 Tien3	Lambat sedikit
慢慢來 Man4 Man4 Lai2	Pelan – pelan , lambat – lambat
慢慢走 Man4 Man4 Co3	Jalan pelan – pelan
按摩 An4 Mo2	Pijat
沒有力氣 Mei2 Yo3 Li4 Chi4	Tidak ada tenaga
太用力 Thai4 Yung4 Li4	Tenaga terlalu kuat
抓癢 Cua1 Yang3	Menggaruk
舒服 Su1 Fu2	Nyaman
剛好 Kang1 Hau3	Pas

不舒服 Pu4 Su1 Fu2	Tidak nyaman
溫開水 Wen1 Khai1 Suei3	Air hangat
熱水 Re4 Suei3	Air panas
冰水 Ping1 Suei3	Air dingin
水太燙 Suei3 Thai4 Thang4	Air terlalu panas
水太冰 Suei3 Thai4 Ping1	Air terlalu dingin
上廁所 Sang4 Ces4 Suo3	Pergi ke WC
老實 Lau3 Se2	Jujur
手腳不乾淨 So3 Ciau3 Pu4 Kan1 Cing4	Orang yang suka mencuri
告訴 Kau4 Su4	Memberitahu
幫 Pang1	Membantu
幫忙 Pang1 Mang2	Membantu

借 Cie4	Meminjam
借用 Cie4 Yung4	Meminjam pakai
偷 Tho1	Mencuri
偷用 Tho1 Yung4	Mencuri memakai barang orang lain
偷竊的行為 Tho1 Chie4 Te Sing2 Wei2	Perbuatan mencuri
雇主的電話 Ku4 Cu3 Te Tien4 Hua4	Telepon majikan
性騷擾 Sing4 Sau1 Rau3	Pelecehan sexual
鄰居 Lin2 Ci1	Tetangga
外勞 Wai4 Lau2	TKA
合法 He2 Fa3	Legal
非法 Fei1 Fa3	Ilegal
非法外勞 Fei1 Fa3 Wai4 Lau2	TKA gelap

逃跑 Thau2 Phau3	Kabur
引誘 In3 Yo4	Membujuk
詐騙集團 Ca4 Phien4 Ci2 Thuan2	Komplotan penipu
阿妮， 你每天要記得， Ani , Ni3 Mei3 Thien1 Yau4 Ci4 Te2 ,	Ani , kamu setiap hari harus ingat，
準備阿嬤的早餐， 午餐， 晚餐。 Cun3 Pei4 Ama Te Cau3 Chan1 , U3 Chan1 , Wan3 Chan1 .	menyediakan makan pagi , makan siang , makan malam Ama .
他走路的時候， Tha1 Co3 Lu4 Te Se2 Ho4 ,	Waktu dia jalan ,
你要扶他。 Ni3 Yau4 Fu2 Tha1 .	kamu harus memapah dia .
阿嬤有糖尿病， Ama Yo3 Thang2 Niau4 Ping4 ,	Ama ada kencing manis ,
所以要特別注意她的飲食。 Suo3 I3 Yau4 The4 Pie2 Cu4 I4 Tha1 Te In3 Se2	jadi harus benar – benar perhatikan makanan dan minuman Ama .
阿嬤有失智， Ama Yo3 Se1 Ce4 ,	Ama ada penyakit Alzheimer ,

千萬不要讓他一個人出去， Chien1 Wan4 Pu2 Yau4 Rang4 Tha1 I2 Ke Ren2 Chu1 Ci4 ,	dilarang biarkan dia pergi seorang diri ,
因為她會迷路。 In1 Wei4 Tha1 Huei4 Mi2 Lu4 .	karena takut dia akan tersesat .
阿妮， 請你晚上睡覺不要睡太熟， Ani , Ching3 Ni3 Wan3 Sang4 Suei4 Ciau4 Pu2 Yau4 Suei4 Thai4 So2 ,	Ani , mohon kamu tidur malam jangan tidur terlalu lelap ,
阿嬤起來上廁所， Ama Chi3 Lai2 Sang4 Ces4 Suo3 ,	Ama bangun ingin ke WC ,
要陪她到洗手間。 Yau4 Phei2 Tha1 Tau4 Si3 Sou3 Cien1 .	kamu harus temani dia ke WC .
阿嬤的牙齒不好， Ama Te Ya2 Ces3 Pu4 Hau3 ,	Gigi Ama tidak bagus ,
所以煮東西不要太硬， Suo3 I3 Cu3 Tung1 Si1 Pu2 Yau4 Thai4 Ing4 ,	jadi kalau memasak makanan jangan terlalu keras
也不要太鹹。 Ye3 Pu2 Yau4 Thai4 Sien2 .	juga jangan terlalu asin .
有空的時候， Yo3 Khong4 Te Se2 Ho4 ,	Jika ada waktu ,
請你幫阿公按摩。 Ching3 Ni3 Pang1 Akung An4 Mo2 .	mohon kamu bantu pijat akung .

每天早上要看信箱， Mei3 Thien1 Cau3 Sang4 Yau4 Khan4 Sin4 Siang1 ,	Setiap pagi hari harus lihat kotak surat ,
拿信跟報紙給阿公。 Na2 Sin4 Ken1 Pau4 Ce3 Kei3 Akung .	ambil surat dan koran untuk akung .
阿嬤中午有睡午覺的習慣， Ama Cung1 U3 Yo3 Suei4 U3 Ciau4 Te Si2 Kuan4 ,	Ama mempunyai kebiasaan untuk tidur siang ,
你也可以跟著她睡。 Ni3 Ye3 Khe3 I3 Ken1 Ce Tha1 Suei4 .	kamu juga dapat ikut dia untuk tidur siang .
請你陪阿嬤走路， Ching3 Ni3 Phei2 Ama Co3 Lu4 ,	Mohon kamu temani ama jalan ,
慢慢走， 不要太快。 Man4 Man4 Co3 , Pu2 Yau4 Thai4 Khuai4 .	jalan lambat saja , jangan terlalu cepat .
路上要注意安全， Lu4 Sang4 Yau4 Cu4 I4 An1 Chuen2 ,	Perhatikan keselamatan waktu di jalan ,
要小心。 Yau4 Siau3 Sin1 .	harus hati – hati .
洗手間要保持乾淨和乾燥， Si3 Sho3 Cien1 Yau4 Pau3 Ce2 Kan1 Cing4 He2 Kan1 Cau4 ,	Kamar mandi harus selalu dijaga kebersihan dan selalu kering ,

以免阿公跌倒。 I3 Mien3 Akung Tie2 Tau3 .	supaya menghindari Akung tergelincir .
阿公早上起來， Akung Cau3 Sang4 Chi3 Lai2 ,	Akung bangun pagi hari ,
給他一杯溫開水。 Kei3 Tha1 I1 Pei1 Wen1 Khai1 Suei3 .	beri dia segelas air hangat .
你推輪椅， 不要太快。 Ni3 Thuei1 Lun2 I3 , Pu2 Yau4 Thai4 Khuai4 .	Kamu dorong kursi roda , jangan terlalu cepat .
下雨後， 路上特別滑， Sia4 I3 Ho4 , Lu4 Sang4 The4 Pie2 Hua2 ,	Setelah hujan , jalanan sangat licin ,
所以要注意安全。 Suo3 I3 Yau4 Cu4 I4 An1 Chuen2 .	jadi perhatikan keselamatan diri .
陪老人家到公園散步。 Phei2 Lau3 Ren2 Cia1 Tau4 Kung1 Yen2 San4 Pu4 .	Temani orang tua jalan jalan ke taman .
隨時要注意天氣的變化， Suei2 Se2 Yau4 Cu4 I4 Thien1 Chi4 Te Pien4 Hua4 ,	Selalu memperhatikan perubahan cuaca ,
冷的時候幫阿嬤多穿衣服， Leng3 Te Se2 Ho4 Pang1 Ama Thuo1 Chuan1 I1 Fu2 ,	waktu dingin bantu Ama pakai lebih banyak baju ,

熱的時候脫一件衣服。 Re4 Te Se2 Ho4 Thuo1 I2 Cien4 I1 Fu2 .	waktu panas lepas satu baju .
阿嬤要洗腎一個星期三次， Ama Yau4 Si3 Sen4 I2 Ke Sing1 Chi2 San1 Ces4 ,	Ama harus seminggu 3 kali cuci ginjal ,
你要陪她到洗腎中心。 Ni3 Yau4 Phei2 Tha1 Tau4 Si3 Sen4 Cung1 Sin1.	kamu harus temani dia ke klinik cuci ginjal .
阿公的拐杖一定要放在他身邊， Akung Te Kuai3 Cang4 I2 Ting4 Yau4 Fang4 Cai4 Tha1 Sen1 Pien1 ,	Kruk Akung harus selalu berada di sampingnya ,
讓他方便使用。 Rang4 Tha1 Fang1 Pien4 Se3 Yung4 .	supaya dia mudah mengambil waktu ingin mempergunakannya .
每兩個星期換枕頭套， Mei3 Liang3 Ke Sing1 Chi2 Huan4 Cen3 Tho2 Thau4 ,	Setiap dua minggu sekali ganti sarung bantal ,
每個月換新的床單。 Mei3 Ke4 Ye4 Huan4 Sin1 Te Chuang2 Tan1 .	setiap sebulan sekali ganti seperai baru .
有緊急的時候， Yo3 Cin3 Ci2 Te Se2 Ho4 ,	Jika ada keadaan darurat ,

請你打電話給先生， Ching3 Ni3 Ta3 Tien4 Hua4 Kei3 Sien1 Seng1 ,	mohon kamu telepon Tuan ,
我給你他的手機號碼。 Wo3 Kei3 Ni3 Tha1 Te So3 Ci1 Hau4 Ma3 .	saya berikan kamu nomor telepon HP Tuan .
有不懂的地方， Yo3 Pu4 Tong3 Te Ti4 Fang1 ,	Jika ada yang tidak dimengerti ,
請你打電話給翻譯或印尼老師。 Ching3 Ni3 Ta3 Tien4 Hua4 Kei3 Fan1 I4 Huo4 In4 Ni2 Lau3 Se1.	mohon kamu telepon penerjemah atau guru Indonesia .
不懂要問， 不要害羞。 Pu4 Tong3 Yau4 Wen4 , Pu2 Yau4 Hai4 Sio1 .	Tidak mengerti harus tanya , jangan malu – malu .
對不起， 我聽不懂， Tuei4 Pu4 Chi3 , Wo3 Thing1 Pu4 Tong3	Maaf , saya tidak mengerti ,
請你再說一遍。 Ching3 Ni3 Cai4 Suo1 I2 Pien4 .	mohon kamu bicara sekali lagi .
你要多問， 多看， 多學。 Ni3 Yau4 Tuo1 Wen4 , Tuo1 Khan4 , Tuo1 Sie2 .	Kamu harus banyak tanya , banyak lihat , banyak belajar
如果你假裝懂， Ru2 Kuo3 Ni3 Cia3 Cuang1 Tong3 ,	Jika kamu berlagak mengerti ,

然後做錯， Ran2 Ho4 Cuo4 Cuos4 ,	lalu salah mengerjakan ,
雇主會生氣。 Ku4 Cu3 Huei4 Seng1 Chi4 .	majikan akan marah .
有空的時候， Yo3 Khong4 Te Se2 Ho4 ,	Jika ada waktu ,
或利用晚上的時間， Huo4 Li4 Yung4 Wan3 Sang4 Te Se2 Cien1 ,	atau pergunakan waktu malam hari
多學國語。 Tuo1 Sie2 Kuo2 I3 .	banyak belajar bhs. Mandarin .
你的中文進步多了。 Ni3 Te Cung1 Wen2 Cin4 Pu4 Tuo1 Le .	Bhs. Mandarin kamu maju banyak .
你的中文退步了。 Ni3 Te Cung1 Wen2 Thuei4 Pu4 Le .	Bhs. Mandarin kamu mundur .
每天阿嬤要吃水果或點心。 Mei3 Thien1 Ama Yau4 Ce1 Suei3 Kuo3 Huo4 Tien3 Sin1 .	Setiap hari Ama ingin makan buah atau makanan kecil .
阿嬤睡覺的時候， Ama Suei4 Ciau4 Te Se2 Ho4 ,	Ama waktu tidur ,
打呼很大聲， Ta3 Hu1 Hen3 Ta4 Seng1 ,	mengorok keras sekali ,
阿妮， 你可以睡好嗎？ Ani , Ni3 Khe3 I3 Suei4 Hau3 Ma ?	Ani apakah kamu dapat tidur nyenyak ?

我可以睡， 沒問題。 Wo3 Khe3 I3 Suei4 , Mei2 Wen4 Thi2 .	Saya dapat tidur , tidak masalah .
阿嬤， 對不起， Ama , Tuei4 Pu4 Chi3 ,	Ama , maaf ,
我不小心打破花瓶， Wo3 Pu4 Siau3 Sin1 Ta3 Pho4 Hua1 Phing2 ,	saya tidak hati - hati memecahkan vas bunga .
我不是故意的， Wo3 Pu2 Se4 Ku4 I4 Te ,	saya tidak sengaja ,
我下一次會更小心， Wo3 Sia4 I2 Ces4 Huei4 Keng4 Siau3 Sin1 ,	saya akan lebih berhati – hati lain kali ,
請你原諒我。 Ching3 Ni3 Yen2 Liang4 Wo3 .	mohon kamu memaafkan saya .
阿嬤最不喜歡不老實的人， Ama Cuei4 Pu4 Si3 Huan1 Pu4 Lau3 Se2 Te Ren2 ,	Ama paling tidak suka orang yang tidak jujur ,
她很喜歡老實的人， Tha1 Hen3 Si3 Huan1 Lau3 Se2 Te Ren2 ,	dia sangat suka orang yang jujur ,
所以阿蒂我們希望， Suo3 I3 Ati Wo3 Men Si1 Wang4 ,	jadi Ati kami mengharapkan ,
你手腳要乾淨。 Ni3 So3 Ciau3 Yau4 Kan1 Cing4	Kamu tidak suka mencuri .

外面很多非法外勞， Wai4 Mien4 Hen3 Tuo1 Fei1 Fa3 Wai4 Lau3 ,	Diluar banyak TKA gelap ,
他們常常引誘合法外勞逃跑， Tha1 Men Chang2 Chang2 In3 Yo4 He2 Fa3 Wai4 Lau2 Thau2 Phau3 ,	mereka suka membujuk TKA legal untuk kabur ,
你不要相信他們說的話， Ni3 Pu2 Yau4 Siang1 Sin4 Tha1 Men Shuo1 Te Hua4 ,	kamu jangan percaya omongan mereka
他們是詐騙集團。 Tha1 Men Se4 Ca4 Phien4 Ci2 Thuan2 .	mereka adalah komplotan penipu .
阿嬤，鄰居的女傭告訴我， Ama , Lin2 Ci1 Te Ni3 Yung1 Kau4 Su4 Wo3 ,	Ama , pembantu tetangga memberitahu saya ,
她被她的老闆性騷擾， Tha1 Pei4 Tha1 Te Lau3 Pan3 Sing4 Sau1 Rau3 ,	majikannya melakukan pelecehan sexual terhadap dia ,
我怎麼幫她呢？ Wo3 Ce3 Me Pang1 Tha1 Ne ?	bagaimana saya membantunya ?
3.2 照顧病人 Cau4 Ku4 Ping4 Ren2	Merawat Orang Sakit
病人 Ping4 Ren2	Orang sakit , pasien

🔔
15

護士 Hu4 Se4	Perawat , suster
醫生 I1 Seng1	Dokter
護理站 Hu4 Li3 Can4	Pos suster di rumah sakit
初診 Chu1 Cen3	Berobat pertama kali
複診 Fu4 Cen3	Pemeriksaan ulang
健康 Cien4 Khang1	Sehat
生病 Seng1 Ping4	Sakit
沒精神 Mei2 Cing1 Sen2	Tidak ada semangat
做檢查 Cuo4 Cien3 Cha2	Melakukan pemeriksaan
打針 Ta3 Cen1	Menyuntik
開刀 Khai1 Tau1	Operasi
內科 Nei4 Khe1	Bagian internis

外科 Wai4 Khe1	Bagian bedah
家醫科 Cia1 I1 Khe1	Bagian umum
眼科 Yen3 Khe1	Bagian mata
牙科 Ya2 Khe1	Bagian gigi
皮膚科 Phi2 Fu1 Khe1	Bagian kulit
耳鼻喉科 Er3 Pi2 Ho2 Khe1	Bagian THT
醫院 I1 Yen4	Rumah sakit
救護車 Cio4 Hu4 Che1	Mobil ambulans
診所 Cen1 Suo3	Klinik
門診 Men2 Cen3	Klinik yang ada di rumah sakit
急診 Ci2 Cen3	Klinik untuk keadaan darurat
乳房科 Ru3 Fang2 Khe1	Bagian periksa payudara

婦產科 Fu4 Chan3 Khe1	Bagian kebidanan
超音波 Chau1 In1 Po1	USG
照胃鏡 Cau4 Wei4 Cing4	Endoskopi
沒有食慾 Mei2 Yo3 Se2 I4	Tidak ada napsu makan
想吐 Siang3 Thu4	Ingin muntah
休息 Sio1 Si2	Istirahat
小便失禁 Siau3 Pien4 Se1 Cin4	Tidak dapat menguasai keluarnya air kencing
大便失禁 Ta4 Pien4 Se1 Cin4	Tidak dapat menguasai keluarnya kotoran
氣色好 Chi4 Se4 Hau3	Air muka baik
氣色不好 Chi4 Se4 Pu4 Hau3	Air muka tidak baik
惡化 E4 Hua4	Memburuk
打噴嚏 Ta3 Phen4 Thi4	Bersin

尿壺 Niau4 Hu2	Pispot
肚子痛 Tu4 Ce Thong4	Sakit perut
身分證 Sen1 Fen4 Ceng4	KTP
健保卡 Cien4 Pau3 Kha3	Kartu askes
健保給付 Cien4 Pau3 Ci3 Fu4	Askes bayar
健保費 Cien4 Pau3 Fei4	Biaya bayar askes
自費 Ce4 Fei4	Bayar sendiri
批價 Phi1 Cia4	Bayar biaya pengobatan
住院 Cu4 Yen4	Masuk rumah sakit
出院 Chu1 Yen4	Keluar rumah sakit
掛號 Kua4 Hau4	Mendaftar
掛號費 Kua4 Hau4 Fei4	Biaya pendaftaran

領藥 Ling3 Yau4	Ambil obat
洗腎 Si3 Sen4	Cuci ginjal
洗腎中心 Si3 Sen4 Cung1 Sin1	Klinik pusat mencuci ginjal
復健 Fu4 Cien4	Terapi
復健中心 Fu4 Cien4 Cung1 Sin1	Klinik pusat untuk terapi
抽痰 Cho1 Than2	Sedot dahak
拍背 Phai1 Pei1	Pukul punggung
擦澡 Cha1 Cau3	Mandi dengan cara dilap
按摩 An4 Mo2	Pijat
灌牛奶 Kuan4 Niu2 Nai3	Beri susu pakai selang
灌藥水 Kuan4 Yau4 Suei3	Beri air obat pakai selang
一罐牛奶 I2 Kuan4 Niu2 Nai3	Satu kaleng susu

半罐牛奶 Pan4 Kuan4 Niu2 Nai3	Setengah kaleng susu
100 cc 水 I4 Pai3 cc Suei3	100 cc air
量尿布 Liang2 Niau4 Pu4	Timbang berat popok
做筆記 Cuo4 Pi3 Ci4	Membuat catatan
脾氣好 Phi2 Chi4 Hau3	Temperamen tidak mudah marah
脾氣不好 Phi2 Chi4 Pu4 Hau3	Temperamen mudah marah
個性很急 Ke4 Sing4 Hen3 Ci2	Pembawaan karakter seseorang yang ingin cepat – cepat
個性慢 Ke4 Sing4 Man4	Pembawaan karakter seseorang yang lambat
小姐， 我要掛號， Siau3 Cie3 , Wo3 Yau4 Kua4 Hau4 ,	Nona , saya ingin mendaftar ,
陳大名醫生， 內科。 Chen2 Ta4 Ming2 I1 Seng1 , Nei4 Khe1 .	dokter Chen Ta Ming , bagian internis .
你的掛號號碼是九號。 Ni3 Te Kua4 Hau4 Hau4 Ma3 Se4 Cio3 Hau4 .	Nomor pendaftaran kamu adalah nomor 9 .

你要去抽血， 驗尿。 Ni3 Yau4 Chi4 Cho1 Sie3 , Yen4 Niau4 .	Kamu harus pergi ambil darah , tes air kencing .
你先批價， 才領藥。 Ni3 Sien1 Phi1 Cia4 , Chai2 Ling3 Yau4 .	Kamu sebelumnya bayar biaya pengobatan lalu baru ambil obat .
你要領藥的時候， Ni3 Yau4 Ling3 Yau4 Te Se2 Ho4 ,	Waktu kamu ambil obat ,
請你到領藥的窗口。 Ching3 Ni3 Tau4 Ling3 Yau4 Te Chuang1 Kho3 .	mohon kamu ambil di loket pengambilan obat .
請你看你領藥收據的號碼。 Ching3 Ni3 Khan4 Ni3 Ling3 Yau4 So1 Ci4 Te Hau4 Ma3.	Mohon kamu melihat nomor bon ambil obat .
你要幫先生復健。 Ni3 Yau4 Pang1 Sien1 Seng1 Fu4 Cien4 .	Kamu harus bantu Tuan terapi .
你要先洗手， Ni3 Yau4 Sien1 Si3 Sou3 ,	Kamu harus cuci tangan lebih dulu ,
才幫忙阿嬤抽痰。 Chai2 Pang1 Mang2 Ama Cho1 Than2 .	baru bantu Ama sedot dahak .
每天要記得量血壓， 血糖。 Mei3 Thien1 Yau4 Ci4 Te2 Liang2 Sie3 Ya1 , Sie3 Thang2 .	Setiap hari ingat untuk ukur tekanan darah , gula darah .

每天要換尿布， Mei3 Thien1 Yau4 Huan4 Niau4 Pu4 ，	Setiap hari harus ganti popok ,
也要量用過尿布的重量， Ye3 Yau4 Liang2 Yung4 Kuo4 Nia4 Pu4 Te Cung4 Liang4 ,	juga harus menimbang popok yang sudah dipakai ,
然後要做筆記， Ran2 Ho4 Yau4 Cuo4 Pi3 Ci4 .	kemudian buat catatan ,
尿布有多少重量。 Niau4 Pu4 Yo3 Tuo1 Sau3 Cung4 Liang4 .	berapa berat popok .
我會看你做的筆記。 Wo3 Huei4 Khan4 Ni3 Cuo4 Te Pi3 Ci4 .	Saya akan melihat catatan yang kamu buat .
有什麼事的話， Yo3 Se2 Me Se4 Te Hua4 ,	Jika ada hal yang ingin dikatakan ,
請你跟我或護士講。 Ching3 Ni3 Ken1 Wo3 Huo4 Hu4 Se4 Ciang3 .	mohon bicara ke saya atau perawat .
我會留我的手機號碼。 Wo3 Huei4 Lio2 Wo3 Te So3 Ci1 Hau4 Ma3 .	Saya akan memberi kamu no. HP saya .
阿嬤的個性很急， Ama Te Ke4 Sing4 Hen3 Ci2 ,	Pembawaan karakter Ama sangat ingin cepat cepat ,

所以你動作要快， Suo3 Yi3 Ni3 Tung4 Cuo4 Yau4 Khuai4 ,	jadi gerakan kamu juga harus cepat ,
不要慢吞吞。 Pu2 Yau4 Man4 Thun1 Thun1 .	jangan sangat lambat .
如果阿公罵你的話， 你要忍耐。 Ru2 Kuo3 Akung Ma4 Ni3 Te Hua4 , Ni3 Yau4 Ren3 Nai4 .	Jika Akung omeli kamu , kamu harus sabar .
病人的心情不好， Ping4 Ren2 Te Sin1 Ching2 Pu4 Hau3 ,	Suasana hati pasien tidak baik ,
所以脾氣也不好。 Suo3 I3 Phi2 Chi4 Ye3 Pu4 Hau3 .	jadi karakter dia juga mudah marah .
不要擺臭臉。 Pu2 Yau4 Pai3 Cho4 Lien3 .	Muka jangan cemberut .
不要哭， 有什麼事好好講。 Pu2 Yau4 Khu1 , Yo3 Se2 Me Se4 Hau3 Hau3 Ciang3 .	Jangan menangis , ada apa - apa beritahu baik – baik .
你想家嗎？ Ni3 Siang3 Cia1 Ma ?	Apakah kamu rindu rumah ? ,
你可以寫信或打電話。 Ni3 Khe3 I3 Sie3 Sin4 Huo4 Ta3 Tien4 Hua4 .	kamu dapat menulis surat atau menelepon .

電話卡可以在印尼商店買。 Tien4 Hua4 Kha3 Khe3 I3 Cai4 In4 Ni2 Shang1 Tien4 Mai3 .	Telepon kartu dapat dibeli di toko Indonesia .
3.3 照顧孩子 Cau4 Ku4 Hai2 Ce	Merawat Anak 🎵 *16*
糖果 Thang2 Kuo3	Permen
點心 Tien3 Sin1	Makanan kecil
小孩子 Siau3 Hai2 Ce	Anak kecil
補習班 Pu3 Si2 Pan1	Tempat les
補習費 Pu3 Si2 Fei4	Biaya les
幼稚園 Yo4 Ce4 Yen2	Taman kanak kanak , TK
大班 Ta4 Pan1	Kelas atas di TK
中班 Cung1 Pan1	Kelas menengah di TK
小班 Siau3 Pan1	Kelas dasar di TK

安親班 An1 Chin1 Pan1	Tempat penitipan anak setelah pulang sekolah
學期 Sie2 Chi2	Semester
學費 Sie2 Fei4	Uang sekolah
便當 Pien4 Tang1	Makanan kotak
午餐費 U3 Can1 Fei4	Biaya makan siang
吵架 Chau3 Cia4	Bertengkar
打架 Ta3 Cia4	Berkelahi
教室 Ciau4 Se4	Kelas
老師 Lau3 Se1	Guru
校長 Siau4 Cang3	Kepala sekolah
家長 Cia1 Cang3	Orang tua murid
班長 Pan1 Cang3	Ketua kelas

同學 Thong2 Sie2	Teman sekolah
同班 Thong2 pan1	Teman sekelas
功課好 Kung1 Khe4 Hau3	Hasil belajar baik
功課不好 Kung1 Khe4 Pu4 Hau3	Hasil belajar tidak baik
受傷 So4 Sang1	Luka
書包 Su1 Pau1	Tas sekolah
背包 Pei1 Pau1	Tas ransel
鉛筆 Chien1 Pi3	Pensil
筆 Pi3	Pen
筆記本 Pi3 Ci4 Pen3	Buku catatan
字典 Ce4 Tien3	Kamus
紙 Ce3	Kertas

課本 Khe4 Pen3	Buku pelajaran
玩具 Wan2 Ci4	Mainan
鞋子 Sie2 Ce	Sepatu
拖鞋 Thuo1 Sie2	Sendal
衣服 I1 Fu2	Baju
襪子 Wa4 Ce	Kaos kaki
開學 Khai1 Sie2	Mulai sekolah
升學 Seng1 Sie2	Melanjutkan sekolah
上課 Sang4 Khe4	Pergi sekolah
下課 Sia4 Khe4	Pulang sekolah
考試 Khau3 Se4	Ujian
沒考上 Mei2 Khau3 Sang4	Tidak lulus ujian

成績單 Cheng2 Ci1 Tan1	Raport
及格 Ci2 Ke2	Lulus
不及格 Pu4 Ci2 Ke2	Tidak lulus
留級 Lio2 Ci2	Tidak naik kelas
會讀書 Huei4 Tu2 Su1	Pandai belajar
不會讀書 Pu2 Huei4 Tu2 Su1	Tidak pandai belajar
退步 Thuei4 Pu4	Mundur
進步 Cin4 Pu4	Maju
運動會 In4 Tung4 Huei4	Pertandingan olahraga
國文 Kuo2 Wen2	Pelajaran bahasa mandarin
英文 Ing1 Wen2	Bhs. Inggris
數學 Su4 Sie2	Matematika

鄉土 Siang1 Thu3	Pelajaran bhs. daerah
美勞 Mei3 Lau2	Ketrampilan dan Kesenian
社會 Se4 Huei4	IPS
作文 Cuo4 Wen2	Mengarang
自然 Ce4 Ran2	IPA
體育 Thi3 I4	Olahraga
音樂 In1 Ye4	Pelajaran musik
電腦 Tien4 Nau3	Pelajaran komputer
才藝班 Chai2 I4 Pan1	Pelajaran berbagai macam ketrampilan dan kesenian
乖 Kuai1	Tidak nakal , penurut
不乖 Pu4 Kuai1	Nakal , tidak penurut
頑皮 Wan2 Phi2	Nakal

壞小孩 Huai4 Siau3 Hai2	Anak jahat
處罰 Chu3 Fa2	Hukuman
罰站 Fa2 Can4	Hukuman berdiri
OK 繃 OK Pang4	Tensoplast
碘酒 Tien3 Cio3	Obat merah
繃帶 Peng1 Tai4	Perban
紗布 Sa1 Pu4	Kain kasa
維他命 Wei4 Tha1 Min4	Vitamin
眼藥水 Yen3 Yau4 Suei3	Air obat mata
感冒藥 Kan3 Mau4 Yau4	Obat flu
止痛藥 Ce3 Thong4 Yau4	Obat menghilangkan rasa sakit
止瀉藥 Ce3 Sie4 Yau4	Obat menghentikan mencret

胃藥 Wei4 Yau4	Obat maag
體溫計 Thi3 Wen1 Ci4	Termometer
放暑假 Fang4 Su3 Cia4	Liburan musim panas
放寒假 Fang4 Han2 Cia4	Liburan musim dingin
逃學 Thau2 Sie2	Bolos sekolah
獎品 Ciang3 Phin3	Hadiah
獎狀 Ciang3 Cuang4	Piagam penghargaan
第一名 Ti4 I1 Ming2	Juara pertama
第二名 Ti4 Er4 Ming2	Juara kedua
最後一名 Cuei4 Ho4 I1 Ming2	Juara terakhir
打球 Ta3 Chio2	Bermain bola
打電動玩具 Ta3 Tien4 Tung4 Wan2 Ci4	Bermain game

看漫畫 Khan4 Man4 Hua4	Baca komik
看書 Khan4 Su1	Membaca buku
用功 Yung4 Kung1	Rajin belajar
畢業 Pi4 Ye4	Lulus sekolah
阿蒂， 早上六點十五分 (06:15) 叫小花起來。 Ati , Cau3 Sang4 Liu4 Tien3 Se2 U3 Fen1 Ciau4 Siau3 Hua1 Chi3 Lai2 .	Ati , jam 06:15 bangunkan Siau Hua .
每天早上要準備早餐給 全家吃。 Mei3 Thien1 Cau3 Sang4 Yau4 Cun3 Pei4 Cau3 Chan1 Kei3 Chuen2 Cia1 Ce1 .	Setiap hari sediakan makan pagi untuk satu keluarga makan .
請你遵守交通規則， Ching3 Ni3 Cun1 So3 Ciau1 Thong1 Kuei1 Ce2 ,	Mohon kamu harus mematuhi peraturan lalu lintas ,
安全第一。 An1 Chuen2 Ti4 I1 .	yang utama adalah keselamatan .
小心， 有壞人喔。 Siau3 Sin1 , Yo3 Huai4 Ren2 Oh .	Hati – hati , ada orang jahat oh .

請ㄑㄧㄥˇ你ㄋㄧˇ準ㄓㄨㄣˇ備ㄅㄟˋ小ㄒㄧㄠˇ孩ㄏㄞˊ子ㄗˇ的ㄉㄜ˙便ㄅㄧㄢˋ當ㄉㄤ。 Ching3 Ni3 Cun3 Pei4 Siau3 Hai2 Ce Te Pien4 Tang1 .	Mohon kamu siapkan makanan kotak anak .
不ㄅㄨˋ可ㄎㄜˇ以ㄧˇ打ㄉㄚˇ小ㄒㄧㄠˇ孩ㄏㄞˊ子ㄗˇ。 Pu4 Khe3 I3 Ta3 Siau3 Hai2 Ce .	Tidak boleh memukul anak .
小ㄒㄧㄠˇ孩ㄏㄞˊ子ㄗˇ不ㄅㄨˋ乖ㄍㄨㄞ， 可ㄎㄜˇ以ㄧˇ偶ㄡˇ爾ㄦˇ罵ㄇㄚˋ他ㄊㄚ。 Siau3 Hai2 Ce Pu4 Kuai1 , Khe3 I3 O3 Er3 Ma4 Tha1 .	Anak nakal , boleh kadang – kadang memarahi dia .
為ㄨㄟˋ什ㄕㄜˊ麼ㄇㄜ˙小ㄒㄧㄠˇ孩ㄏㄞˊ子ㄗˇ受ㄕㄡˋ傷ㄕㄤ？ Wei4 Se2 Me Siau3 Hai2 Ce So4 Sang1 ?	Mengapa anak terluka ?
他ㄊㄚ亂ㄌㄨㄢˋ跑ㄆㄠˇ， 跌ㄉㄧㄝ倒ㄉㄠˇ了ㄌㄜ˙。 Tha1 Luan4 Phau3 , Tie2 Tau3 Le .	Dia berlari kesana kemari , tergelincir .
請ㄑㄧㄥˇ你ㄋㄧˇ幫ㄅㄤ忙ㄇㄤˊ用ㄩㄥˋ碘ㄉㄧㄢ酒ㄐㄧㄡˇ擦ㄘㄚ小ㄒㄧㄠˇ孩ㄏㄞˊ的ㄉㄜ˙傷ㄕㄤ口ㄎㄡˇ， Ching3 Ni3 Pang1 Mang2 Yung4 Tien3 Cio3 Cha1 Siau3 Hai2 Te Sang1 Kho3 ,	Mohon kamu membantu mengolesi luka anak dengan obat merah ,
然ㄖㄢˊ後ㄏㄡˋ把ㄅㄚˇ傷ㄕㄤ口ㄎㄡˇ用ㄩㄥˋ OK 繃 包ㄅㄠ起ㄑㄧˇ來ㄌㄞˊ。 Ran2 Ho4 Pa3 Sang1 Kho3 Yung4 OK Pang4 Pau1 Chi3 Lai2 .	lalu balut luka dengan tensoplast.
請ㄑㄧㄥˇ你ㄋㄧˇ幫ㄅㄤ忙ㄇㄤˊ小ㄒㄧㄠˇ孩ㄏㄞˊ子ㄗˇ洗ㄒㄧˇ澡ㄗㄠˇ。 Ching3 Ni3 Pang1 Mang1 Siau3 Hai2 Ce Si3 Cau3 .	Mohon kamu membantu anak mandi .

每天要接送小孩上學。 Mei3 Thien1 Yau4 Cie1 Sung4 Siau3 Hai2 Shang4 Sie2 .	Setiap hari antar jemput anak ke sekolah .
太太， 今天小明被老師罰站。 Thai4 Thai , Cin1 Thien1 Siau3 Ming2 Pei4 Lau3 Se1 Fa2 Can4 .	Nyonya , hari ini Siau Ming dihukum berdiri oleh guru .
小明， 你要乖乖坐， Siau3 Ming2 , Ni3 Yau4 Kuai1 Kuai1 Cuo4 ,	Siau Ming , kamu harus duduk baik – baik ,
不要亂跑！ Pu2 Yau4 Luan4 Phau3 !	jangan lari kesana kemari !
3·4 照顧嬰兒 Cau4 Ku4 Ing1 Er3	Merawat Bayi
嬰兒 Ing1 Er2	Bayi
嬰兒床 Ing1 Er2 Chuang2	Ranjang bayi
嬰兒車 Ing1 Er2 Che1	Kereta bayi
寶寶 Pau3 pau	Buah hati
雙胞胎 Suang1 Pau1 Thai1	Kembar dua
三胞胎 San1 Pau1 Thai1	Kembar tiga

17

四胞胎 Se4 Pau1 Thai1	Kembar empat
胎兒 Thai1 Er2	Janin
消毒 Siau1 Tu2	Steril
吐奶 Thu4 Nai3	Bayi muntahi sedikit susu yang sudah diminumnya
奶瓶 Nai3 Phing2	Botol susu
泡牛奶 Phau4 Niu2 Nai3	Aduk susu
喝牛奶 He1 Niu2 Nai3	Minum susu
尿布 Niau4 Pu4	Popok
紙尿褲 Ce3 Niau4 Khu4	Popok kertas model celana
換尿布 Huan4 Niau4 Pu4	Ganti popok
學走路 Sie2 Co3 Lu4	Belajar berjalan
學講話 Sie2 Ciang3 Hua4	Belajar bicara

母奶 Mu3 Nai3	Susu ASI
餵奶 Wei4 Nai3	Menyusui , memberi susu
餵飯 Wei4 Fan4	Suapi nasi
奶粉 Nai3 Fen3	Susu bubuk
奶嘴 Nai3 Cuei3	Dot susu
玩具 Wan2 Chi4	Mainan
溫水 Wen1 Suei3	Air hangat
熱水 Re4 Suei3	Air panas
冷水 Leng3 Suei3	Air dingin
尿尿 Niau4 Niau4	Kencing , pipis
小便 Siau3 Pien4	Kencing , pipis
大便 Ta4 Pien4	Buang air besar , berak

痱子粉 Fei4 Ce Fen3	Bedak talek
可愛 Khe3 Ai4	Lucu
褓姆 Pau3 Mu3	Perawat anak , inang pengasuh
奶媽 Nai3 Ma	Perawat anak , inang pengasuh
好養 Hau3 Yang3	Mudah dirawat
難養 Nan2 Yang3	Sukar dirawat
長牙齒 Cang3 Ya2 Che3	Tumbuh gigi
乳牙 Ru3 Ya2	Gigi susu
哭 Khu1	Menangis
笑 Siau4	Ketawa
托兒所 Thuo1 Er2 Suo3	Tempat penitipan anak
睡覺 Suei4 Ciau4	Tidur

睡醒 Suei4 Sing3	Bangun tidur
每三個小時， Mei3 San1 Ke4 Siau3 Se2 ,	Setiap 3 jam sekali ,
寶寶要喝牛奶。 Pau3 Pau Yau4 He1 Niu2 Nai3 .	buah hati minum susu .
每一次泡牛奶， Mei3 I2 Ces4 Phau4 Niu2 Nai3 ,	Setiap kali mengaduk susu ,
奶瓶一定要先消毒。 Nai3 Phing2 I2 Ting4 Yau4 Sien1 Siau1 Tu2 ,	botol susu harus di sterilkan dulu .
她的尿布如果很濕的話， Tha1 Te Niau4 Pu4 Ru2 Kuo3 Hen3 Ses1 Te Hua4 ,	Popoknya jika sangat basah ,
記得要換。 Ci4 Te2 Yau4 Huan4 .	jangan lupa diganti .
3.5 病名 Ping4 Ming2	Nama Penyakit
抽筋 Cho1 Cing1	Kram
流血 Lio2 Sie3	Berdarah
糖尿病 Thang2 Niau4 Ping4	Kencing manis

18

骨折 Ku3 Ce2	Patah tulang
中風 Cung4 Feng1	Stroke
高血壓 Kau1 Sie3 Ya1	Darah tinggi
心臟病 Sin1 Cang4 Ping4	Sakit jantung
失眠 Se1 Mien2	Sukar tidur
發燒 Fa1 Shaw1	Demam
貧血 Phin2 Sie3	Kurang darah
頭痛 Tho2 Thong4	Sakit kepala
喉嚨痛 Ho2 Long2 Thong4	Tenggorokkan sakit
胸部痛 Siung1 Pu4 Thong4	Dada sakit
胃痛 Wei4 Thong4	Lambung sakit
痛風 Thong4 Feng1	Encok

肺病 Fei4 Ping4	Sakit paru – paru
腎臟病 Sen4 Cang4 Ping4	Sakit ginjal
瀉肚子 Sie4 Tu4 Ce	Berak – berak , mencret
拉肚子 La1 Tu4 Ce	Berak – berak , mencret
手腫起來 So3 Cung3 Chi3 Lai2	Tangan bengkak
低血壓 Ti1 Sie3 Ya1	Darah rendah
老人痴呆 Lau3 Ren2 Ce1 Tai1	Penyakit Alzheimer
失智 Se1 Ce4	Penyakit Alzheimer
瞎子 Sia1 Ce	Buta
聾子 Long2 Ce	Tuli
啞巴 Ya3 Pa1	Bisu
盲腸炎 Mang2 Chang2 Yen2	Usus buntu

肺結核 Fei4 Cie2 He2	Batuk TBC
發炎 Fa1 Yen2	Infeksi
喉嚨發炎 Ho2 Long2 Fa1 Yen2	Tenggorokan infeksi
瘧疾 Nie4 Ci2	Malaria
氣喘 Chi4 Chuan3	Asma
腹瀉 Fu4 Sie4	Berak – berak , mencret – mencret
腫 Cung3	Bengkak
麻木 Ma2 Mu4	Kebas
癌症 Ai2 Ceng4	Kanker
乳癌 Ru3 Ai2	Kanker Payudara
肺癌 Fei4 Ai2	Kanker paru – paru
食道癌 Se2 Tau4 Ai2	Kanker saluran pencernaan makanan

血癌 Si3 Ai2	Leukimia , kanker darah
胃癌 Wei4 Ai2	Kanker lambung
大腸癌 Ta4 Chang2 Ai2	Kanker usus besar
癌症末期 Ai2 Ceng4 Mo4 Chi2	Kanker stadium terakhir
腫瘤 Cong3 Lio2	Tumor
良性腫瘤 Liang2 Sing4 Cong3 Lio2	Tumor jinak
惡性腫瘤 E4 Sing4 Cong3 Lio2	Tumor ganas
腦瘤 Nau3 Lio2	Tumor otak
腦震盪 Nau3 Cen4 Tang4	Gegar otak
腦出血 Nau3 Chu1 Sie3	Pembuluh darah otak pecah
感冒 Kan3 Mau4	Flu
流鼻水 Lio2 Pi2 Suei3	Hidung keluar ingus

流ㄌㄧㄡˊ鼻ㄅㄧˊ血ㄒㄧㄝˇ Lio2 Pi2 Sie3	Hidung keluar darah
腰ㄧㄠ痠ㄙㄨㄢ背ㄅㄟˋ痛ㄊㄨㄥˋ Yau1 Suan1 Pei4 Thong4	Pinggang pegal punggung linu
扭ㄋㄧㄡˇ傷ㄕㄤ Niu3 Sang1	Keseleo
中ㄓㄨㄥ暑ㄕㄨˇ Cung1 Su3	Sakit karena kepanasan
尿ㄋㄧㄠˋ道ㄉㄠˋ感ㄍㄢˇ染ㄖㄢˇ Niau4 Tau4 Kan3 Ran3	Infeksi saluran kencing
漸ㄐㄧㄢˋ凍ㄉㄨㄥˋ人ㄖㄣˊ Cien4 Tung4 Ren2	Penyakit sklerosis lateral amiotrofik
癱ㄊㄢ瘓ㄏㄨㄢˋ Than1 Huan4	Lumpuh
左ㄗㄨㄛˇ半ㄅㄢˋ邊ㄅㄧㄢ癱ㄊㄢ瘓ㄏㄨㄢˋ Cuo3 Pan4 Pien1 Than1 Huan4	Lumpuh sebelah kiri badan
右ㄧㄡˋ半ㄅㄢˋ邊ㄅㄧㄢ癱ㄊㄢ瘓ㄏㄨㄢˋ Yo4 Pan4 Pien1 Than1 Huan4	Lumpuh sebelah kanan badan
上ㄕㄤˋ半ㄅㄢˋ身ㄕㄣ癱ㄊㄢ瘓ㄏㄨㄢˋ Shang4 Pan4 Sen1 Than1 Huan4	Lumpuh setengah bagian atas badan
下ㄒㄧㄚˋ半ㄅㄢˋ身ㄕㄣ癱ㄊㄢ瘓ㄏㄨㄢˋ Sia4 Pan4 Sen1 Than1 Huan4	Lumpuh setengah bagian bawah badan
全ㄑㄩㄢˊ癱ㄊㄢ瘓ㄏㄨㄢˋ Chuen2 Than1 Huan4	Lumpuh total

植物人 Ce2 U4 Ren2	Orang sakit yang tidak ada reaksi dan tidak dapat bergerak sama sekali
四肢無力 Se4 Ce1 U2 Li4	Kaki tangan lemas
全身無力 Chuen2 Sen1 U2 Li4	Badan tidak ada tenaga sama sekali
便秘 Pien4 Mi4	Sukar buang air besar
癢 Yang3	Gatal
暈 In1	Pusing , pening
暈倒 In1 Tau3	Pingsan
嘔吐 O3 Thu4	Ingin muntah
噁心 E3 Sin1	Merasa jijik
精神病 Cing1 Sen2 Ping4	Gila
發瘋 Fa1 Feng1	Gila
憂鬱症 Yo1 Ih4 Ceng4	Penyakit jiwa yang selalu merasa sedih

昏迷 Hun1 Mi2	Koma
跛腳 Pho3 Ciau3	Timpang
呼吸困難 Hu1 Si1 Khun4 Nan2	Sukar bernapas
咳嗽 Khe2 So4	Batuk
慢性病 Man4 Sing4 Ping4	Penyakit menahun , penyakit kronis
急性病 Ci2 Sing4 Ping4	Penyakit akut
關節發炎 Kuan1 Cie2 Fa1 Yen2	Sendi infeksi
扁桃腺 Pian3 Thau2 Sien4	Amandel

中文 Bhs. Mandarin	印尼文 Bhs. Indonesia
四、 做家事篇 Ses4. Cuo4 Cia1 Se4 Phien1	4. Mengerjakan Pekerjaan Rumah Tangga 🔔 19
4.1 客廳 Khe4 Thing1	Ruang Tamu
沙發 Sa1 Fa1	Sofa
桌子 Cuo1 Ce	Meja
花瓶 Hua1 Phing2	Vas bunga
煙灰缸 Yen1 huei1 Kang1	Asbak rokok
椅子 I3 Ce	Kursi
電視 Tien4 Se4	Televisi
遙控器 Yau2 Khong4 Chi4	Remote
除濕機 Cu2 Se1 Ci1	Mesin mengusir kelembapan
吸塵器 Si1 Chen2 Chi4	Vacum cleaner
電暖器 Tien4 Nuan3 Chi4	Mesin pemanas listrik

餐桌 Chan1 Cuo1	Meja makan
神桌 Sen2 Cuo1	Meja sembahyang
神像 Sen2 Siang4	Patung dewa
窗戶 Chuang1 Hu4	Jendela
窗簾 Chuang1 Lien2	Tirai jendela , gorden jendela
紗窗 Sa1 Chuang1	Kasa nyamuk
陽台 Yang2 Thai2	Balkon
澆花 Ciau1 Hua1	Siram bunga
報紙 Pau4 Ce3	Koran
雜誌 Ca2 Ce4	Majalah
按摩椅 An4 Mo2 I3	Kursi malas
電腦 Tien4 Nau3	Komputer

滑鼠 Hua2 Su3	Mouse untuk komputer
筆記型電腦 Pi3 Ci4 Sing2 Tien4 Nau3	Laptop
書 Su1	Buku
書桌 Su1 Cuo1	Meja belajar
檯燈 Thai2 Teng1	Lampu belajar
書櫃 Su1 Kuei4	Lemari buku
鞋櫃 Sie2 Kuei4	Lemari sepatu
櫃子 Kuei4 Ce	Lemari
牆壁 Chiang2 Pi4	Tembok
茶几 Cha2 Ci1	Peralatan minum teh
泡茶 Phau4 Cha2	Seduh teh
茶葉 Cha2 Ye4	Daun teh

咖啡 Kha1 Fei1	Kopi
大門 Ta4 Men2	Pintu depan
門 Men2	Pintu
關門 Kuan1 Men2	Tutup pintu
開門 Khai1 Men2	Buka pintu
冷氣 Leng3 Chi4	AC
電風扇 Tien4 Feng1 San4	Kipas angin
客人 Khe4 Ren2	Tamu
請進來 Ching3 Cin4 Lai2	Silahkan masuk
請坐 Ching3 Cuo4	Silahkan duduk
請慢用 Ching3 Man4 Yung4	Silahkan menikmati
再見 Cai4 Cien4	Sampai jumpa lagi

請慢走 Ching3 Man4 Co3	Hati hati di jalan
路上小心 Lu4 Shang4 Siau3 Sin1	Hati hati di jalan
有空再來 Yo3 Khong4 Cai4 Lai2	Ada waktu datang lagi
阿蒂， 有客人來， Ati , Yo3 Khe4 Ren2 Lai2	Ati , ada tamu datang ,
請你泡茶或咖啡， Ching3 Ni3 Phau4 Cha2 Huo4 Kha1 Fei1	Mohon kamu untuk menyeduh teh atau kopi ,
也不要忘記準備水果。 Ye3 Pu2 Yau4 Wang4 Ci4 Cun3 Pei4 Suei3 Kuo3 .	juga jangan lupa menyediakan buah – buahan .
先生， 請慢用。 Sien1 Seng1 , Ching3 Man4 Yung4 .	Silahkan menikmati .
謝謝你。 Sie4 Sie Ni3 .	Banyak terima kasih .
夏天 Sia4 Thien1	Musim panas
冬天 Tung1 Thien1	Musim dingin
秋天 Chio1 Thien1	Musim gugur

春天 Chun1 Thien1	Musim semi
阿蒂，你每天要掃地， 拖地。 Ati , Ni3 Mei3 Thien1 Yau4 Sau3 Ti4, Thuo1 Ti4.	Ati , kamu setiap hari harus menyapu dan mengepel .
夏天的時候，天天要澆 花， Sia4 Thien1 Te Se2 Ho4 , Thien1 Thien1 Yau4 Ciau1 Hua1 .	Waktu musim panas , setiap hari menyiram bunga .
冬天的話，澆花兩天一 次就可以了。 Tung1 Thien1 Te Hua4 , Ciau1 Hua1 Liang3 Thien1 I2 Ces4 Cio4 Khe3 I3 Le .	jika musim dingin , 2 hari sekali saja menyiram bunga .
請妳保持乾淨， Ching3 Ni3 Pau3 Ce2 Kan1 Cing4 .	Mohon kamu untuk selalu menjaga kebersihan .
有髒的地方， Yo3 Cang1 Te Ti4 Fang1 ,	ada tempat yang kotor ,
請你趕快弄乾淨。 Ching3 Ni3 Kan3 Khuai4 Nung4 Kan1 Cing4。	mohon kamu untuk segera membersihkannya .
你不可以隨便碰神桌。 Ni3 Pu4 Khe3 I3 Suei2 Pien4 Pheng4 Shen2 Cuo1 .	Kamu tidak boleh sembarangan menyentuh meja sembahyang .
4.2 房間 Fang2 Cien1	Kamar

20

床 Chuang2	Ranjang
床單 Chuang2 Tan1	Seperai
棉被 Mien2 Pei4	Selimut
枕頭 Cen3 Tho2	Bantal
枕頭套 Cen3 Tho2 Thau4	Sarung bantal
鏡子 Cing4 Ce	Kaca
梳妝台 Su1 Cuang1 Thai2	Meja rias
桌子 Cuo1 Ce	Meja
椅子 I3 Ce	Kursi
檯燈 Thai2 Teng1	Lampu belajar
書 Su1	Buku
筆 Pi3	Pen

衛生紙 Wei4 Seng1 Ce3	Tissue
月曆 Ye4 Li4	Kalender
桌曆 Cuo1 Li4	Kalender meja
衣櫃 I1 Kuei4	Lemari baju
衣架 I1 Cia4	Gantungan baju
衣服 I1 Fu2	Baju
抽屜 Cho1 Thi4	Laci
收音機 So1 In1 Ci1	Radio
刮鬍刀 Kua1 Hu2 Tau1	Pisau cukur
梳子 Su1 Ce	Sisir
手錶 So3 Piau3	Jam tangan
鬧鐘 Nau4 Cung1	Weker

阿蒂，你不可以進去小姐的房間， Ati , Ni3 Pu4 Khe3 I3 Cin4 Ci4 Siau3 Cie3 Te Fang2 Cien1 ,	Ati , kamu tidak boleh memasuki kamar nona ,
其他的地方你可以進去。 Chi2 Tha1 Te Ti4 Fang Ni3 Khe3 I3 Cin4 Chi4 .	bagian yang lain kamu boleh masuki .
每天阿嬤的房間要打掃， Mei3 Thien1 Ama Te Fang2 Cien1 Yau4 Ta3 Sau3	Setiap hari kamar Ama harus disapu ,
不需要每天拖地， Pu4 Si1 Yau4 Mei3 Thien1 Thuo1 Ti4 ,	tidak perlu setiap hari mengepel ,
一個星期拖地一次， I2 Ke Sing1 Chi2 Thuo1 Ti4 I2 Ces4 ,	seminggu sekali mengepel lantai ,
就可以了。 Cio4 Khe3 I3 Le .	begitu saja .

4.3	廚房 Chu2 Fang2	Dapur	21
	餐具 Chan1 Ci4	Peralatan makan	
	餐桌 Chan1 Cuo1	Meja makan	

早餐 Cau3 Chan1	Makan pagi
午餐 U3 Chan1	Makan siang
晚餐 Wan3 Chan1	Makan malam
太酸 Thai4 Suan1	Terlalu asam
太辣 Thai4 La4	Terlalu pedas
太硬 Thai4 Ing4	Terlalu keras
太軟 Thai4 Ruan3	Terlalu lembek , terlalu lunak
太甜 Thai4 Thien2	Terlalu manis
太苦 Thai4 Khu3	Terlalu pahit
盤子 Phan2 Ce	Piring
碟子 Tie2 Ce	Piring
叉子 Cha1 Ce	Garpu

湯匙 Thang1 Ce2	Sendok makan , sendok kuah
筷子 Khuai4 Ce	Sumpit
碗公 Wan3 Kung1	Piring mangkuk
碗 Wan3	Mangkuk
杯子 Pei1 Ce	Cangkir
茶杯 Cha2 Pei1	Gelas teh
飯勺 Fan4 Saw2	Sendok nasi
飯 Fan4	Nasi
米 Mi3	Beras
醬油 Ciang4 Yo2	Kecap asin
醬油膏 Ciang4 Yo2 Kau1	Kecap asin manis
醋 Chu4	Cuka

油 Yo2	Minyak
辣椒 La4 Ciau1	Cabe
鹽 Yen2	Garam
胡椒粉 Hu2 Ciau1 Fen3	Lada
糖 Thang2	Gula
味精 Wei4 Cing1	Micin
白糖 Pai2 Thang2	Gula putih
黑糖 Hei1 Thang2	Gula merah
香菜 Siang1 Chai4	Peterseli
蒜頭 Suan4 Tho2	Bawang putih
大蒜 Ta4 Suan4	Bawang putih
油蔥 Yo2 Chung1	Irisan bawang merah halus yang sudah digoreng

蔥 Chung1	Daun bawang
地瓜粉 Ti4 Kua1 Fen3	Tepung ubi
澱粉 Tien4 Fen3	Tepung
玉米澱粉 I4 Mi3 Tien4 Fen3	Tepung jagung
廚房用具 Chu2 Fang2 Yung4 Chi4	Perkakas dapur
果汁機 Kuo3 Ce1 Ci1	Blender
微波爐 Wei2 Pho1 Lu2	Microwave
冰箱 Ping1 Siang1	Kulkas
冷凍庫 Leng3 Tung4 Khu4	Freezer
烤箱 Khau3 Siang1	Oven , alat panggang
烘碗機 Hong1 Wan3 Ci1	Mesin pengering piring
菜刀 Chai4 Tau1	Pisau dapur

砧板 Cen1 Pan3	Talenan
抹布 Mo3 Pu4	Lap
電鍋 Tien4 Kuo1	Rice cooker , alat memasak nasi
熱水瓶 Re4 Suei3 Phing2	Termos air panas
瓦斯 Wa3 Ses1	Gas
瓦斯爐 Wa3 Ses1 Lu2	Kompor gas
抽油煙機 Cho1 Yo2 Yen1 Ci1	Mesin penghisap asap dapur
垃圾桶 Le4 Ses4 Thong3	Tempat sampah
炒菜鍋 Chau3 Chai4 Kuo1	Penggorengan
鍋鏟 Kuo1 Chan3	Sodet
鍋蓋 Kuo1 Kai4	Alat tutup wajan
菜瓜布 Chai4 Kua1 Pu4	Spons mencuci piring

洗碗精 Si3 Wan3 Cing1	Sabun mencuci piring
保鮮膜 Pau3 Sien1 Mo2	Plastik pembungkus makanan
開瓶器 Khai1 Phing2 Chi4	Alat pembuka botol
開罐器 Khai1 Kuan4 Chi4	Alat pembuka kaleng
隔夜菜 Ke2 Ye4 Chai4	Sayur kemarin
隔夜飯 Ke2 Ye4 Fan4	Nasi kemarin
剩下菜 Seng4 Sia4 Chai4	Sayur kemarin
剩下飯 Seng4 Sia4 Fan4	Nasi kemarin
擦桌子 Cha1 Cuo1 Ce	Mengelap meja
收拾碗盤 So1 Se2 Wan3 Phan2	Membereskan mangkuk dan piring
切 Chie1	Memotong
洗 Si3	Mencuci

加熱 Cia1 Re4	Panaskan lagi
阿蒂，你每天要擦餐桌， Ati , Ni3 Mei3 Thien1 Yau4 Cha1 Chan1 Cuo1 ,	Ati , kamu setiap hari harus mengelap meja ,
餐桌的抹布跟其他的抹布要分開。 Chan1 Cuo1 Te Mo3 Pu4 Ken1 Chi2 Tha1 Te Mo3 Pu4 Yau4 Fen1 Khai1 .	Lap untuk mengelap meja makan dengan lap lain harus dipisahkan .
你要洗菜和水果， Ni3 Yau4 Si3 Chai4 He2 Suei3 Kuo3 ,	Kamu mencuci sayur dan buah ,
要洗三次， Yau4 Si3 San1 Ces4 ,	harus dicuci 3 kali ,
因為恐怕有農藥殘留。 In1 Wei4 Khong3 Pha4 Yo3 Nung2 Yau4 Chan2 Lio2 .	karena takutnya ada obat pestisida yang masih melekat .
明天要煮的菜， Ming2 Thien1 Yau4 Cu3 Te Chai4 ,	Besok akan masak sayur ,
前一天一定要先問太太。 Chien2 I4 Thien1 I2 Ting4 Yau4 Sien1 Wen4 Thai4 Thai .	sehari sebelumnya harus tanya nyonya .
請你把剩下的菜加熱。 Ching3 Ni3 Pa3 Seng4 Sia4 Te Chai4 Cia1 Re4 .	Mohon kamu untuk memanaskan sisa sayur .

4·4	洗手間 Si3 So3 Cien1	Kamar Mandi	22

浴缸 I4 Kang1	Bak mandi , bath tub
水龍頭 Suei3 Long2 Tho2	Keran air
蓮蓬頭 Lien2 Pheng2 Tho2	Shower
鏡子 Cing4 Ce	Kaca
廁所 Ces4 Suo3	WC
馬桶 Ma3 Thong3	Closet , kakus duduk
熱水器 Re4 Suei3 Chi4	Mesin air panas
洗髮精 Si3 Fa3 Cing1	Shampoo
沐浴乳 Mu4 I4 Ru3	Sabun mandi
洗面乳 Si3 Mien4 Ru3	Sabun muka
洗手台 Si3 So3 Thai2	Tempat mencuci tangan

牙膏 Ya2 Kau1	Odol
牙刷 Ya2 Sua1	Sikat gigi
肥皂 Fei2 Cau4	Sabun
冷水 Leng3 Suei3	Air dingin
熱水 Re4 Suei3	Air panas
衛生紙 Wei4 Seng1 Ce3	Tissue
衛生棉 Wei4 Seng1 Mien2	Softex
毛巾 Mau2 Cin	Handuk
刮鬍刀 Kua1 Hu2 Tau1	Pisau cukur kumis
棉花棒 Mien2 Hua1 Pang4	Cotton bud
漂白水 Phiau3 Pai2 Suei3	Obat pemutih
清潔劑 Ching1 Cie2 Ci4	Cairan pembersih

每天洗澡完後， Mei3 Thien1 Si3 Cau3 Wan2 Ho4,	Setiap hari sesudah mandi ,
洗洗手間的地板， Si3 Si3 Sou3 Cien1 Te Ti4 Pan3 ,	mencuci lantai kamar mandi ,
洗馬桶， 地板要保持乾燥。 Si2 Ma3 Thong3 , Ti4 Pan3 Yau4 Pau3 Ce2 Kan1 Cau4 .	cuci closet , lantai harus dijaga selalu kering .
馬桶會不通， Ma3 Thong3 Huei4 Pu4 Thong1 ,	Closet dapat macet ,
所以請你不要丟衛生紙 ， Suo3 I3 Ching3 Ni3 Pu2 Yau4 Tio1 Wei4 Seng1 Ce3 ,	jadi mohon kamu untuk tidak membuang tissue ,
或衛生棉到馬桶裡。 Huo4 Wei4 Seng1 Mien2 Tau4 Ma3 Thong3 Li3 .	atau softex ke dalam closet .
請你掃洗手間的地板， Ching3 Ni3 Sau3 Si3 So3 Cien1 Te Ti4 Pan3 ,	Mohon kamu untuk menyapu lantai kamar mandi ,
因為地上很多頭髮。 In1 Wei4 Ti4 Sang4 Hen3 Tuo1 Tho2 Fa3 .	karena dilantai banyak rambut .
4.5 洗衣服 Si3 I1 Fu2	Mencuci Baju

23

洗衣機 Si3 I1 Ci1	Mesin cuci baju
刷子 Sua1 Ce	Sikat
衣服 I1 Fu2	Baju
上衣 Sang4 I1	Baju atas
內衣 Nei4 I1	Baju dalam
襯衫 Chen4 San1	Kemeja
褲子 Khu4 Ce	Celana
長褲 Chang2 Khu4	Celana panjang
短褲 Tuan3 Khu4	Celana pendek
內褲 Nei4 Khu4	Celana dalam
胸罩 Siung1 Cau4	BH
牛仔褲 Niu2 Cai3 Khu4	Jeans

睡衣 Suei4 I1	Baju tidur
外套 Wai4 Thau4	Jaket
襪子 Wa4 Ce	Kaos kaki
泳裝 Yong3 Cuang1	Baju renang
裙子 Chin2 Ce	Rok
釦子 Kho4 Ce	Kancing
手帕 So3 Pha4	Sapu tangan
絲襪 Ses1 Wa4	Stocking
毛衣 Mau2 I1	Sweater
領帶 Ling3 Tai4	Dasi
衣架 I1 Cia4	Gantungan baju
摺 Ce2	Melipat

曬 Sai4	Menjemur
乾 Kan1	Kering
晾乾 Liang4 Kan1	Menjemur
烘衣機 Hong1 I1 Ci1	Mesin pengering baju
洗衣粉 Si3 I1 Fen3	Sabun untuk mencuci baju
洗衣精 Si3 I1 Cing1	Sabun untuk mencuci baju
柔軟精 Ro2 Ruan3 Cing1	Sabun untuk melembutkan baju
芳香精 Fang1 Siang1 Cing1	Sabun pengharum
領子 Ling3 Ce	Kerah baju
袖口 Sio4 Kho3	Mulut lengan baju
乾洗 Kan1 Si3	Cuci baju secara kering dengan memakai obat
燙衣服 Thang4 I1 Fu2	Menyetrika baju

熨斗 In4 To3	Setrika
插頭 Cha1 Tho2	Sakelar listrik
節省 Cie2 Seng3	Hemat
浪費 Lang4 Fei4	Boros
環保 Huan2 Pau3	Memelihara lingkungan hidup
全自動 Chuen2 Ce4 Tung4	Semua otomatis
西蒂， 你洗衣服的時候， Siti , Ni3 Si3 I1 Fu2 Te Se2 Ho4 ,	Siti , waktu cuci baju ,
白色的衣服跟深色的衣服， Pai2 Se4 Te I1 Fu2 Ken1 Sen1 Se4 Te I1 Fu2 ,	baju yang putih dengan baju yang warna gelap ,
要分開洗。 Yau4 Fen1 Khai1 Si3 .	harus dicuci terpisah .
有的衣服要用洗衣機洗， Yo3 Te I1 Fu2 Yau4 Yung4 Si3 I1 Ci1 Si3	Ada baju yang dicuci dengan mesin cuci ,

有的要用手洗。 Yo3 Te Yau4 Yung4 So3 Si3 .	ada baju yang dicuci dengan tangan .
你洗完衣服後， Ni3 Si3 Wan2 I1 Fu2 Ho4,	Kamu setelah mencuci baju ,
可以在陽台曬衣服。 Khe3 I3 Cai4 Yang2 Thai2 Sai4 I1 Fu2 .	dapat menjemur baju di balkon .
把衣服摺一摺。 Pa3 I1 Fu2 Ce2 I4 Ce2 .	Baju di lipat – lipat .
這個洗衣機是全自動的， Ce4 Ke Si3 I1 Ci1 Se4 Chuen2 Ce4 Tung4 Te ,	Mesin cuci ini semuanya otomatis ,
很容易操作。 Hen3 Rong2 I4 Chau1 Cuo4 .	sangat mudah mesin dijalankan .
先生的白襯衫， Sien1 Seng1 Te Pai2 Chen4 San1 ,	Kemeja putih Tuan ,
領口和袖口的部分， Ling3 Kho3 He2 Sio4 Kho3 Te Pu4 Fen4,	bagian kerah baju dan lengan baju ,
要刷乾淨。 Yau4 Sua1 Kan1 Cing4 .	harus disikat bersih .
阿妮， 請你節省用水電， Ani, Ching3 Ni3 Cie2 Seng3 Yung4 Suei3 Tien4 ,	Ani , mohon kamu untuk menghemat dalam menggunakan air dan listrik ,

不要浪費。 Pu2 Yau4 Lang4 Fei4 .	jangan boros .
4.6 水果類 Suei3 Kuo3 Lei4	Jenis Buah – Buahan
蘋果 Phing2 Kuo3	Apel
香蕉 Siang1 Ciau1	Pisang
葡萄 Phu2 Thau2	Anggur
香瓜 Siang1 Kua1	Melon
橘子 Chi2 Ce	Jeruk
蕃茄 Fan1 Chie2	Tomat
芒果 Mang2 Kuo3	Mangga
檸檬 Ning2 Meng2	Jeruk nipis
木瓜 Mu4 Kua1	Pepaya
柿子 Se4 Ce	Kesemek

24

芭樂 Pa1 Le4	Jambu klutuk
水蜜桃 Suei3 Mi4 Thau2	Buah persik
櫻桃 Ing1 Thau2	Buah cherry
哈密瓜 Ha1 Mi4 Kua1	Melon
梨子 Li2 Ce	Buah pir
椰子 Ye2 Ce	Kelapa
西瓜 Si1 Kua1	Semangka
柳橙 Liu3 Cheng2	Jeruk sunkis
鳳梨 Feng4 Li2	Nenas
楊桃 Yang2 Thau2	Belimbing
草莓 Chau3 Mei2	Strawberry
荔枝 Li4 Ce1	Lengkeng

甘蔗 Kan1 Ce4	Tebu
龍眼 Long2 Yen3	Lengkeng
蓮霧 Lien2 U4	Jambu
柚子 Yo4 Ce	Jeruk bali
4.7 菜類 Chai4 Lei4	Jenis Sayur - Sayuran
白菜 Pai2 Chai4	Sawi putih
高麗菜 Kau1 Li4 Chai4	Kol
玉米 I4 Mi3	Jagung
薑 Ciang1	Jahe
A 菜 A Chai4	Sayur e chai
小黃瓜 Siau3 Huang2 Kua1	Timun
豆芽菜 To4 Ya2 Chai4	Toge

25

菠菜 Po1 Chai4	Bayam
茄子 Chie2 Ce	Terong
香菇 Siang1 Ku1	Jamur
豌豆 Wan1 To4	Kacang polong
四季豆 Ses4 Ci4 To4	Buncis
長豆 Chang2 To4	Kacang panjang
辣椒 La4 Ciau1	Cabe
馬鈴薯 Ma3 Ling2 Su3	Kentang
空心菜 Khong1 Sin1 Chai4	Kangkung
花椰菜 Hua1 Ye2 Chai4	Kembang kol
芋頭 I4 Tho2	Talas
青椒 Ching1 Ciau1	Paprika

苦瓜 Khu3 Kua1	Pare
絲瓜 Ses1 Kua1	Sayur ses kua
青江菜 Ching1 Ciang1 Chai4	Capsim
韭菜 Cio3 Chai4	Bawang perai
金針 Cin1 Cen1	Bunga bakung
冬瓜 Tung1 Kua1	Labu besar , beligo
地瓜 Ti4 Kua1	Ubi
地瓜葉 Ti4 Kua1 Ye4	Daun ubi
洋蔥 Yang2 Chung1	Bawang Bombay
紅蔥頭 Hong2 Chung1 Tho2	Bawang merah
蒜頭 Suan4 Tho2	Bawang putih
蔥 Chung1	Daun bawang

九層塔 Cio3 Cheng2 Tha3	Daun kemangi
紅蘿蔔 Hong2 Luo2 Puo	Wortel
白蘿蔔 Pai2 Luo2 Puo	Lobak
南瓜 Nan2 Kua1	Labu kuning
竹筍 Cu2 Sun3	Rebung
4.8 其他食物 Chi1 Tha1 Se2 U4	Makanan Yang Lain
培根 Phei2 Ken	Bacon
火腿 Huo3 Thuei3	Ham
香腸 Siang1 Chang2	Sosis
烤鴨 Khau3 Ya1	Bebek panggang
叉燒 Cha1 Shau1	Panggang babi merah
燒肉 Shau1 Ro4	Panggang babi putih

26

蛋 Tan4	Telur
雞蛋 Ci1 Tan4	Telur ayam
鴨蛋 Ya1 Tan4	Telur bebek
鳥蛋 Niau3 Tan4	Telur puyuh
蒸蛋 Ceng1 Tan4	Telur tim
滷蛋 Lu3 Tan4	Telur kecap
荷包蛋 He2 Pau1 Tan4	Telur mata sapi
煎蛋 Cien1 Tan4	Telur goreng
豬肝 Cu1 Kan1	Hati babi
紅燒魚 Hong2 Sau1 I2	Ikan masak kecap
糖醋排骨 Thang2 Cu4 Phai2 Ku3	Iga babi asam manis
蕃茄炒蛋 Fan1 Chie2 Chau3 Tan4	Tumis tomat telur

青椒炒牛肉 Ching1 Ciau1 Chau3 Niu2 Ro4	Tumis paprika daging sapi
麻油雞 Ma2 Yo2 Ci1	Ayam arak dan minyak wijen
鹹酥雞 Sien2 Su1 Ci1	Ayam goreng renyah dan asin
稀飯 Si1 Fan4	Bubur
竹筍湯 Cu2 Sun3 Thang1	Sup rebung
魚鬆 I2 Song1	Abon ikan
肉鬆 Ro4 Song1	Abon
饅頭 Man2 Tho2	Bakpau tanpa isi
包子 Pau1 Ce	Bakpau isi
酸菜 Suan1 Chai4	Sayur asin
油飯 Yo2 Fan4	Nasi minyak
炒麵 Chau3 Mien4	Bakmi goreng

炒米粉 Chau3 Mi3 Fen3	Bihun goreng
炒冬粉 Chau3 Tung1 Fen3	Suhun goreng
綠豆 Li4 To4	Kacang hijau
紅豆 Hong2 To4	Kacang merah
黃豆 Huang2 To4	Kacang kedelai
布丁 Pu4 Ting1	Puding
蛋糕 Tan4 Kau1	Kue tar
餅乾 Ping3 Kan1	Biskuit
魚丸湯 I2 Wan2 Thang1	Sup ikan
牛肉丸 Niu2 Ro4 Wan2	Baso sapi
貢丸湯 Kung4 Wan2 Thang1	Sup baso babi
水餃 Suei3 Ciau3	Swikeu

鍋貼 Kuo1 Thie1	Swikeu goreng
牛肉麵 Niu2 Ro4 Mien4	Mie kuah daging sapi
雞腿 Ci1 Thuei3	Paha ayam
雞排 Ci1 Phai2	Ayam goreng , bistik ayam
牛排 Niu2 Phai2	Bistik sapi
豬排 Cu1 Phai2	Bistik babi
炸排骨 Ca4 Phai2 Ku3	Iga babi goreng
肉粽 Ro4 Cung4	Bacang
豬腳 Cu1 Ciau3	Kaki babi
花生 Hua1 Seng1	Kacang
豆花 To4 Hua1	Kembang tahu
豆腐 To4 Fu3	Tahu

臭豆腐 Cho4 To4 Fu3	Tahu bau
麻辣臭豆腐 Ma2 La4 Cho4 To4 Fu3	Tahu bau kuah pedas
豆腐乳 To4 Fu3 Ru3	Tahu asin
豆皮 To4 Phi2	Kulit tahu
豆乾 To4 Kan1	Tahu kering
火鍋 Huo3 Kuo1	Hot pot
生魚片 Seng1 I2 Phien4	Sashimi
壽司 So4 Ses1	Sushi
4.9 飲料 In3 Liau4	Minuman
咖啡 Kha1 Fei1	Kopi
茶 Cha2	Teh
汽水 Chi4 Suei3	Minuman ringan , soft drink

27

白開水 Pai2 Khai1 Suei3	Air putih
果汁 Kuo3 Ce1	Jus
牛奶 Niu2 Nai3	Susu sapi
羊奶 Yang2 Nai3	Susu kambing
豆漿 To4 Ciang1	Susu kacang
米漿 Mi3 Ciang1	Susu beras
茶包 Cha2 Pau1	Teh celup
奶茶 Nai3 Cha2	Teh susu
糖漿 Thang2 Ciang1	Sirop
可樂 Khe3 Le4	Coca cola
可可 Khe3 Khe3	Coklat

中文ㄨㄣ Bhs. Mandarin	印尼文 Bhs. Indonesia
五、其他篇 U3. Chi2 Tha1 Phien1	5.Bagian Lainnya  28
5.1 家庭 Cia1 Thing2	Keluarga
哥哥 Ke1 Ke	Kakak laki laki
弟弟 Ti4 Ti	Adik laki laki
妹妹 Mei4 Mei	Adik perempuan
姊姊 Cie3 Cie	Kakak perempuan
媽媽 Ma1 Ma	Mama
爸爸 Pa4 Pa	Papa
舅舅 Cio4 Cio	Paman dari pihak mama
舅媽 Cio4 Ma1	Istri paman dari pihak mama
阿姨 A1 I2	Bibi dari pihak mama
姑姑 Ku1 Ku	Bibi dari pihak papa

叔叔 Su2 Su	Adik laki laki papa
嬸嬸 Sen3 Sen	Istri adik laki laki papa
伯母 Po2 Mu3	Istri kakak laki papa
伯父 Po2 Fu4	Kakak laki papa
大伯 Ta4 Po2	Kakak laki papa yang paling besar
女婿 Ni3 Si4	Menantu laki laki
媳婦 Si2 Fu4	Menantu perempuan
女兒 Ni3 Er2	Anak perempuan
兒子 Er2 Ce	Anak laki laki
外公 Wai4 Kung1	Kakek dari pihak mama
外婆 Wai4 Pho2	Nenek dari pihak mama
爺爺 Ye2 Ye	Kakek dari pihak papa

奶奶 Nai3 Nai	Nenek dari pihak papa
乾爸爸 Kan1 Pa4 Pa	Ayah angkat
乾弟弟 Kan1 Ti4 Ti	Adik laki laki angkat
乾哥哥 Kan1 Ke1 Ke	Kakak laki laki angkat
乾妹妹 Kan1 Mei4 Mei	Adik perempuan angkat
乾姊姊 Kan1 Cie3 Cie	Kakak perempuan angkat
祖先 Cu3 Sien1	Nenek Moyang
孫子 Sun1 Ce	Cucu laki dari anak laki – laki
孫女 Sun1 Ni3	Cucu perempuan dari anak laki – laki
外孫 Wai4 Sun1	Cucu laki dari anak perempuan
外孫女 Wai4 Sun1 Ni3	Cucu perempuan dari anak perempuan

5.2	建築物 Cien4 Cu2 U4	Bangunan	🔊 29

警察局 Cing3 Cha2 Ci2	Kantor polisi
郵局 Yo2 Ci2	Kantor pos
百貨公司 Pai3 Huo4 Kung1 Ses1	Departement Store
市場 Se4 Chang3	Pasar
超級市場 Chau1 Ci2 Se4 Chang3	Swalayan
商店 Shang1 Tien4	Toko
飯店 Fan4 Tien4	Hotel
自助餐 Ce4 Cu4 Chan1	Toko makanan yang menjual banyak sayur
餐廳 Chan1 Thing1	Restaurant
便利商店 Pien4 Li4 Shang1 Tien4	Toko serba ada
便利超商 Pien4 Li4 Chau1 Sang1	Toko serba ada
公用電話 Kung1 Yung4 Tien4 Hua4	Telepon umum

銀行 In2 Hang2	Bank
游泳池 Yo2 Yong3 Ces2	Kolam renang
公園 Kung1 Yen2	Taman
動物園 Tung4 U4 Yen2	Kebun binatang
體育館 Thi3 I4 Kuan3	Gedung olah raga
博物館 Po2 U4 Kuan3	Musium
美術館 Mei3 Su4 Kuan3	Gedung kesenian
電影院 Tien4 Ing3 Yen4	Bioskop
書店 Su1 Tien4	Toko buku
藥局 Yau4 Ci2	Toko obat
印尼店 In4 Ni2 Tien4	Toko yang menjual barang – barang Indonesia
越南店 Ye4 Nan2 Tien4	Toko yang menjual barang – barang Vietnam

泰國店 Thai4 Kuo2 Tien4	Toko yang menjual barang – barang Thailand.
菲律賓店 Fei1 Li4 Pin1 Tien4	Toko yang menjual barang – barang Filipina
印尼餐廳 In4 Ni2 Chan1 Thing1	Restoran Indonesia
教堂 Ciau4 Thang2	Gereja
清真寺 Ching1 Cen1 Ses4	Mesjid
寺廟 Ses4 Miau4	Kuil
佛堂 Fo2 Thang2	Wihara
5.3 娛樂 I2 Le4	Hiburan
遊樂場 Yo2 Le4 Chang3	Tempat rekreasi
湖 Hu2	Danau
看電影 Khan4 Tien4 Ing3	Menonton bioskop
看小說 Khan4 Siau3 Suo1	Membaca novel

看ㄎㄢ 漫ㄇㄢ 畫ㄏㄨㄚ Khan4 Man4 Hua4	Membaca komik
看ㄎㄢ 電ㄉㄧㄢ 視ㄕ Khan4 Tien4 Se4	Menonton TV
森ㄙㄣ 林ㄌㄧㄣ Sen1 Lin2	Hutan
唱ㄔㄤ 卡ㄎㄚ 拉ㄌㄚ OK Chang4 Kha3 La1 OK	Menyanyi karaoke
海ㄏㄞ 邊ㄅㄧㄢ Hai3 Pien1	Laut
沙ㄕㄚ 灘ㄊㄢ Sa1 Than1	Pantai
踏ㄊㄚ 青ㄑㄧㄥ Tha4 Ching1	Hiking
露ㄌㄨ 營ㄧㄥ Lu4 Ing2	Berkemah
釣ㄉㄧㄠ 魚ㄩ Tiau4 I2	Memancing ikan
港ㄍㄤ 口ㄎㄡ Kang3 Kho3	Dermaga
洗ㄒㄧ（泡ㄆㄠ）溫ㄨㄣ 泉ㄑㄩㄢ Si3 (Phau4) Wen1 Chuen2	Mandi (rendam) di sauna
看ㄎㄢ 足ㄗㄨ 球ㄑㄧㄡ 比ㄅㄧ 賽ㄙㄞ Khan4 Cu2 Chio2 Pi3 Sai4	Melihat pertandingan sepak bola

爬山 Pha2 San1	Naik gunung , hiking
農場 Nung2 Chang3	Pertanian
游泳 Yo2 Yong3	Berenang
烤肉 Khau3 Ro4	Panggang daging
5.4 形容詞 Sing2 Rong2 Ces2	Kata Sifat
黑 Hei1	Hitam
白 Pai2	Putih
紅 Hong2	Merah
粉紅 Fen3 Hong2	Merah jambu
綠 Li4	Hijau
淺色 Chien3 Se4	Warna terang
深色 Sen1 Se4	Warna tua , warna gelap

31

淺綠色 Chien3 Li4 Se4	Hijau muda
深綠色 Sen1 Li4 Se4	Hijau tua
藍 Lan2	Biru
淺藍色 Chien3 Lan2 Se4	Biru muda
深藍色 Sen1 Lan2 Se4	Biru tua
粉藍 Fen3 Lan2	Biru muda
銀色 In2 Se4	Warna perak
金色 Cin1 Se4	Warna kuning emas
黃 Huang2	Kuning
橙 Cheng2	Oranye
灰 Huei1	Abu – abu
紫 Ce3	Ungu

棕ㄗㄨㄥ Cung1	Coklat
褪ㄊㄨㄟˋ色ㄙㄜˋ Thuei4 Se4	Luntur
透ㄊㄡˋ明ㄇㄧㄥˊ Tho4 Ming2	Tembus pandang
暗ㄢˋ An4	Gelap
亮ㄌㄧㄤˋ Liang4	Terang
幸ㄒㄧㄥˋ福ㄈㄨˊ Sing4 Fu2	Bahagia
美ㄇㄟˇ滿ㄇㄢˇ Mei3 Man3	Bahagia
對ㄉㄨㄟˋ Tuei4	Benar
錯ㄘㄨㄛˋ Chuo4	Salah
壞ㄏㄨㄞˋ Huai4	Rusak
新ㄒㄧㄣ鮮ㄒㄧㄢ Sin1 Sien1	Segar
冷ㄌㄥˇ Leng3	Dingin

熱 Re4	Panas
近 Cin4	Dekat
遠 Yen3	Jauh
暖和 Nuan3 Xo	Hangat
涼快 Liang2 Khuai4	Sejuk
節省 Cie2 Seng3	Hemat
浪費 Lang4 Fei4	Boros
多 Tuo1	Banyak
少 Sau3	Sedikit
假 Cia3	Palsu
怪 Kuai4	Aneh
靜 Cing4	Sepi

吵 Chau3	Berisik
舒服 Su1 Fu2	Nyaman
容易 Rong2 I4	Mudah
難 Nan2	Sukar , susah
急 Ci2	Cepat , buru – buru
閒 Sien2	Tidak sibuk
忙 Mang2	Sibuk
貴 Kuei4	Mahal
便宜 Phien2 I2	Murah
甜 Thien2	Manis
苦 Khu3	Pahit
辣 La4	Pedas

鹹 Sien2	Asin
淡 Tan4	Tawar
疼 Theng2	Sakit
慢 Man4	Lambat
快 Khuai4	Cepat
漂亮 Phiau4 Liang4	Cantik
帥 Suai4	Ganteng
美 Mei3	Cantik
美麗 Mei3 Li4	Cantik
醜 Cho3	Jelek
方便 Fang1 Pien4	Praktis
麻煩 Ma2 Fan2	Menyulitkan

乾淨 Kan1 Cing4	Bersih
髒 Chang1	Kotor
喜歡 Si3 Huan1	Suka
討厭 Thau3 Yen4	Sebal
輕鬆 Ching1 Sung1	Ringan
累 Lei4	Lelah , capek
鬆 Sung1	Longgar
緊 Cin3	Ketat
胖 Phang4	Gemuk
瘦 So4	Kurus
高 Kau1	Tinggi
矮 Ai2	Pendek

低 Ti1	Rendah
長 Chang2	Panjang
短 Tuan3	Pendek
重 Cung4	Berat
輕 Ching1	Ringan
寬 Khuan1	Lebar
窄 Cai3	Sempit
大 Ta4	Besar
小 Siau3	Kecil
飽 Pau3	Kenyang
餓 E4	Lapar
生氣 Seng1 Chi4	Marah

高興 Kau1 Sing4		Gembira , senang
滿意 Man3 I4		Puas
新 Sin1		Baru
舊 Cio4		Lama
老實 Lau3 Se2		Jujur
禮貌 Li3 Mau4		Sopan
粗魯 Cu1 Lu3		Kasar
5.5	身體 Sen1 Thi3	Tubuh
皮膚 Phi2 Fu1		Kulit
肌肉 Ci1 Ro4		Otot
頭骨 Tho2 Ku3		Tengkorak kepala
頭髮 Tho2 Fa3		Rambut

32

頭 Tho2	Kepala
額頭 E2 Tho2	Jidat
眼睛 Yen3 Cing1	Mata
睫毛 Cie2 Mau2	Bulu mata
鼻子 Pi2 Ce	Hidung
鼻毛 Pi2 Mau2	Bulu hidung
鼻屎 Pi2 Se3	Upil
耳朵 Er3 Tuo1	Telinga
耳屎 Er3 Se3	Tahi kuping
嘴唇 Cuei3 Cun2	Bibir
嘴巴 Cuei3 Pa1	Mulut
臉頰 Lien3 Cia2	Pipi

酒窩 Cio3 Wo1	Lesung pipit
舌頭 Se2 Tho2	Lidah
牙齒 Ya2 Ces3	Gigi
鬍子 Hu2 Ce	Kumis
脖子 Po2 Ce	Leher
腋下 I4 Sia4	Ketiak
肩膀 Cien1 Pang3	Pundak
胸 Siung1	Dada
心臟 Sin1 Cang4	Jantung
肺 Fei4	Paru – paru
肝 Kan1	Hati
腎 Sen4	Ginjal

乳房 Ru3 Fang2	Payudara , tetek
乳頭 Ru3 Tho2	Puting
手臂 So3 P14	Lengan tangan
手 So3	Tangan
手指 So3 Ce3	Jari tangan
手肘 So3 Co3	Siku tangan
手背 Sou3 Pei4	Punggung tangan
手掌 So3 Cang3	Telapak tangan
手心 So3 Sin1	Tengah – tengah telapak tangan
大拇指 Ta4 Mu3 Ce3	Jempol
食指 Se2 Ce3	Jari telunjuk
中指 Cung1 Ce3	Jari tengah

無名指 U2 Ming2 Ce3	Jari manis
小指 Siau3 Ce3	Kelingking
指甲 Ce3 Cia3	Kuku
腰 Yau1	Pinggang
腹 Fu4	Perut
臀 Thun2	Pinggul
肛門 Kang1 Men2	Dubur
大腿 Ta4 Thuei3	Paha
腿毛 Thuei3 Mau2	Bulu kaki
腳 Ciau3	Kaki
膝蓋 Si1 Kai4	Dengkul
小腿 Siau3 Thuei3	Betis

168

腳踝 Ciau3 Huai2	Pergelangan kaki
腳趾 Ciau3 Ce3	Jari kaki
腳跟 Ciau3 Ken1	Tumit kaki
5.6 數字數量 Su4 Ce4 Su4 Liang4	Angka Dan Kuantitas
0 Ling2	Nol
1 I1	Satu
2 El4	Dua
3 San1	Tiga
4 Ses4	Empat
5 U3	Lima
6 Liu4	Enam
7 Chi1	Tujuh

33

8 Pa1	Delapan
9 Cio3	Sembilan
10 Se2	Sepuluh
11 Se2 I1	Sebelas
12 Se2 El4	Dua belas
13 Se2 San1	Tiga belas
14 Se2 Ses4	Empat belas
15 Se2 U3	Lima belas
16 Se2 Liu4	Enam belas
17 Se2 Chi1	Tujuh belas
18 Se2 Pa1	Delapan belas
19 Se2 Cio3	Sembilan belas

20 El4 Se2	Dua puluh
30 San1 Se2	Tiga puluh
40 Ses4 Se2	Empat puluh
50 U3 Se2	Lima puluh
60 Liu4 Se2	Enam puluh
70 Chi1 Se2	Tujuh puluh
80 Pa1 Se2	Delapan puluh
90 Cio3 Se2	Sembilan puluh
100 I1 Pai3	Seratus
101 I4 Pai3 Ling2 I1	Seratus satu
110 I4 Pai3 I1 Se2	Seratus sepuluh
120 I4 Pai3 El4 Se2	Seratus dua puluh

200 Liang3 Pai3	Dua ratus
201 Liang3 Pai3 Ling2 I1	Dua ratus satu
1,000 I4 Chien1	Seribu
10,000 I2 Wan4	Sepuluh ribu
100,000 Se2 Wan4	Seratus ribu
1,000,000 I4 Pai3 Wan4	Satu juta
10,000,000 I4 Chien1 Wan4	Sepuluh juta
100,000,000 I2 I4	Seratus juta
一斤 I4 Cin1	600 gram
一個 I2 Ke	Satu buah
一粒麥子 I2 Li4 Mai4 Ce	Sebutir gandum
一枝筆 I4 Ce1 Pi3	Satu batang pen

一顆蘋果 I4 Khe1 Phing2 Kuo3	Satu butir apel
一塊肉 I2 Khuai4 Ro4	Satu potong daging
一片 I2 Phien4	Sepotong
一罐可樂 I2 Kuan4 Khe3 Le4	Satu kaleng coca cola
一雙鞋子 I4 Suang1 Sie2 Ce	Satu pasang sepatu
一杯茶 I4 Pei1 Cha2	Satu cangkir teh
一間房間 I4 Cien1 Fang2 Cien1	Satu kamar
一根菸 I4 Ken Yen1	Satu batang rokok
一碗 I4 Wan3	Satu mangkuk
一盤 I4 Phan2	Satu piring
一種菜 I4 Cong3 Cai4	Satu macam sayur
一次 I2 Ces4	Satu kali

一條魚 I4 Thiau2 I2	Satu ekor ikan
一張紙 I4 Cang1 Ce3	Satu lembar kertas
一滴水 I4 Ti1 Suei3	Satu tetes air
一箱 I4 Siang1	Satu kardus
一首歌 I4 So3 Ke1	Satu buah lagu
一袋 I2 Tai4	Satu bungkus
一件衣服 I2 Cien4 I1 Fu2	Satu lembar baju
5.7 時間 Se2 Cien1	Waktu
早上 Cau3 Sang4	Pagi hari
中午 Cung1 U3	Siang hari
晚上 Wan3 Sang4	Malam hari
白天 Pai2 Thien1	Siang hari

34

上午 Sang4 U3	Pagi hari
下午 Sia4 U3	Sore hari
午夜 U3 Ye4	Tengah malam
秒 Miau3	Detik
分 Fen1	Menit
點 Tien3	Jam
半 Pan4	30 menit
幾點 ? Ci3 Tien3	Jam berapa ?
一點 I4 Tien3	Jam 1
一點整 I4 Tien3 Ceng3	Jam 1 tepat
一點半 I4 Tien3 Pan4	Jam 1 lewat 30 menit
五點三十分 U3 Tien3 San1 Se2 Fen1	Jam 5 lewat 30 menit

兩點 Liang3 Tien3	Jam 2
三點 San1 Tien3	Jam 3
四點五分 Ses4 Tien3 U3 Fen1	Jam 4 lewat 5 menit
凌晨 Ling2 Chen2	Dini hari
凌晨兩點 Ling2 Chen2 Liang3 Tien3	Jam 2 dini hari
凌晨三點 Ling2 Chen2 San1 Tien3	Jam 3 dini hari
日 Re4	Tgl
月 Ye4	Bulan
年 Nien2	Tahun
星期幾？ Sing1 Chi2 Ci3 ?	Hari apa ?
星期一 Sing1 Chi2 I1	Senin
星期二 Sing1 Chi2 El4	Selasa

星期三 Sing1 Chi2 San1	Rabu
星期四 Sing1 Chi2 Ses4	Kamis
星期五 Sing1 Chi2 U3	Jumat
星期六 Sing1 Chi2 Liu4	Sabtu
星期日 Sing1 Chi2 Re4	Minggu
一月 I1 Ye4	Januari
二月 El4 Ye4	Febuari
三月 San1 Ye4	Maret
四月 Ses4 Ye4	April
五月 U3 Ye4	Mei
六月 Liu4 Ye4	Juni
七月 Chi1 Ye4	Juli

八月 Pa1 Ye4	Agustus
九月 Cio3 Ye4	September
十月 Se2 Ye4	Oktober
十一月 Se2 I1 Ye4	November
十二月 Se2 El4 Ye4	Desember
今天 Cin1 Thien1	Hari ini
明天 Ming2 Thien1	Besok hari
後天 Ho4 Thien1	Lusa
前天 Chien2 Thien1	Kemarin dulu
現在幾點？ Sien4 Cai4 Ci3 Tien3 ?	Sekarang jam berapa ?
後天是星期幾？ Ho4 Thien1 Se4 Sing1 Chi2 Ci3 ?	Lusa hari apa ?
今天是幾月幾日？ Cin1 Thien1 Se4 Ci3 Ye4 Ci3 Re4 ?	Hari ini tgl dan bulan berapa ?

哪一天？ Na3 I4 Thien1 ?	Hari apa ?
什麼時候？ Se2 Me Se2 Ho4 ?	Kapan ?
早安 Cau3 An1	Selamat pagi
午安 U3 An1	Selamat siang
晚安 Wan3 An1	Selamat malam
現在 Sien4 Cai	Sekarang
以前 I3 Chien2	Dulu , sebelum
以後 I3 Ho4	Sesudah
上個月 Sang4 Ke Ye4	Bulan lalu
下個月 Sia4 Ke Ye4	Bulan depan
明年 Ming2 Nien2	Tahun depan
去年 Chi4 Nien2	Tahun kemarin

前年 Chien2 Nien2	2 tahun yang lalu
後年 Ho4 Nien2	2 tahun yang akan datang
暫時 Can4 Se2	Sementara
永遠 Yong3 Yen3	Selama – lamanya
5.8 動物 Tung4 U4	Binatang
貓 Mau1	Kucing
雞 Ci1	Ayam
鴨 Ya1	Bebek
牛 Niu2	Sapi
狗 Ko3	Anjing
馬 Ma3	Kuda
羊 Yang2	Kambing

35

豬 ㄓㄨ Cu1	Babi
魚 ㄩˊ I2	Ikan
鵝 ㄜˊ E2	Angsa
兔 ㄊㄨˋ 子 ㄗˇ Thu4 Ce	Kelinci
獅 ㄕ 子 ㄗˇ Se1 Ce	Singa
老 ㄌㄠˇ 虎 ㄏㄨˇ Lau3 Hu3	Harimau
熊 ㄒㄩㄥˊ Siung2	Beruang
老 ㄌㄠˇ 鼠 ㄕㄨˇ Lau3 Su3	Tikus
龍 ㄌㄨㄥˊ Long2	Naga
蟑 ㄓㄤ 螂 ㄌㄤˊ Cang1 Lang2	Kecoak
蛇 ㄕㄜˊ Se2	Ular
猴 ㄏㄡˊ 子 ㄗˇ Ho2 Ce	Monyet

蝴ㄏㄨˊ蝶ㄉㄧㄝˊ Hu2 Tie2	Kupu - kupu
鳥ㄋㄧㄠˇ Niau3	Burung
大ㄉㄚˋ象ㄒㄧㄤ Ta4 Siang4	Gajah
企ㄑㄧˋ鵝ㄜˊ Chi4 E2	Pinguin
蒼ㄘㄤ蠅ㄧㄥˊ Chang1 Ing2	Lalat
青ㄑㄧㄥ蛙ㄨㄚ Ching1 Wa1	Kodok
長ㄔㄤˊ頸ㄐㄧㄥˇ鹿ㄌㄨˋ Chang2 Cing3 Lu4	Jerapah
鹿ㄌㄨˋ Lu4	Rusa
袋ㄉㄞˋ鼠ㄕㄨˇ Tai4 Su3	Kangguru
熊ㄒㄩㄥˊ貓ㄇㄠ Siung2 Mau1	Panda
貓ㄇㄠ頭ㄊㄡˊ鷹ㄧㄥ Mau1 Tho2 Ing1	Burung hantu
鱷ㄜˋ魚ㄩˊ E4 I2	Buaya

螃蟹 Phang2 Sie4	Kepiting
蝦 Sia1	Udang
魷魚 Yo2 I2	Cumi , sotong
吳郭魚 U3 Kuo1 I2	Ikan gurami
鱈魚 Sie3 I2	Ikan kod
鰻魚 Man2 I2	Belut
鱸魚 Lu2 I2	Ikan bass
鯨魚 Cing1 I2	Ikan paus
鯊魚 Sa1 I2	Ikan hiu
海豚 Hai3 Thun2	Lumba – lumba
螞蟻 Ma3 I3	Semut
蚊子 Wen2 Ce	Nyamuk

🎵 36　5.9　運動 In4 Tung4	Olahraga
打保齡球 Ta3 Pau3 Ling2 Chio2	Bermain bowling
打羽毛球 Ta3 I3 Mau2 Chio2	Bermain bulu tangkis
打籃球 Ta3 Lan2 Chio2	Bermain basket
打撞球 Ta3 Cuang4 Chio2	Bermain Bilyar
打網球 Ta3 Wang3 Chio2	Bermain tenis
打桌球 Ta3 Cuo1 Chio2	Bermain tenis meja
踢足球 Txi1 Cu2 Chio2	Bermain sepak bola
打高爾夫球 Ta3 Kau1 Er3 Fu1 Chio2	Bermain golf
打棒球 Ta3 Pang4 Chio2	Bermain kasti
打排球 Ta3 Phai2 Chio2	Bermain volley
游泳 Yo2 Yong3	Berenang

跑步 Phau3 Pu4	Jogging
慢跑 Man4 Phau3	Jogging
騎腳踏車 Chi2 Ciau3 Tha4 Che1	Naik sepeda
滑雪 Hua3 Sie3	Ski salju
拳擊 Chuen2 Ci2	Tinju
騎馬 Chi2 Ma3	Naik kuda
瑜珈 I2 Cia1	Yoga
5.10 台灣 Taiwan	Taiwan
基隆 Ci1 Lung2	Ci Lung
台北 Thai2 Pei3	Taipei
桃園 Thau2 Yen2	Thao Yen
新竹 Sin1 Cu2	Sin Cu

37

宜蘭 I1 Lan2	I Lan
苗栗 Miau2 Li4	Miau Li
台中 Thai2 Cung1	Tai Cung
彰化 Cang1 Hua4	Cang Hua
南投 Nan2 Tho2	Nan Thou
花蓮 Hua1 Lien2	Hua Lien
雲林 In2 Lin2	In Lin
嘉義 Cia1 I4	Cia I
台南 Tai2 Nan2	Tai Nan
高雄 Kau1 Siung2	Kau Siung
台東 Tai2 Tung1	Tai Tung
屏東 Phing2 Tung1	Phing Tung

金門 Cin1 Men2	Cin Men
馬祖 Ma3 Cu3	Ma Cu
綠島 Li4 Tau3	Li Tau

印尼人學台語

NT$350

Orang Indonesia Belajar Bahasa Taiwan

台語的漢語拼音表
Daftar Ejaan Mandarin Bhs. Taiwan

漢語拼音 Ejaan Mandarin	台語發音 Cara Pengucapan Bhs. Taiwan
a	a ; ai ; i ; ei ; e ; uai ; uan ; ia ; ua
ai	ai ; i ; wi ; ei ; a ; in ; ua ; ui ; ou
ao	iao ; o ; ou ; uan ; iu ; ang ; ai ; ei
an	a ; an ; ang ; en ; uan ; ua ; n ; ni ; un ; ng ; ian ; ing ; in
ang	ang ; ong ; on ; eng ; iu ; iong ; ou ; iao
au	ao ; a ; io ; o ; ou
b	b ; be ; m ; p
c	c ; ca ; z ; j
ch	c ; ci ; ca ; t ; d ; q ; s ; z ; j ; x
ci	Zu
d	p ; d ; k ; g ; n ; 不發音 (Tidak dilafalkan)
e	e ; a ; o ; u ; ue ; ua ; ak ; i ; ei ; ia ; ou ; iu
ei	a ; i ; re ; ei ; ui ; ue ; ou
en	n ; in ; un ; an ; ang ; ing ; iang ; eng
eng	e ; in ; an ; ng ; ing ; ang ; ong ; ein ; iang ; i
er	li ; hi
f	h ; b ; v

8

🔊 1-01

中文字 + 台語（漢語拼音） Huruf Mandarin + Bhs. Taiwan(ejaan mandarin)	印尼語 Bhs. Indonesia
買東西 vēi mi giāng	Membeli barang
買什麼 vēi xiā mì	Membeli apa
買菜 vēi cai	Membeli sayur
洗菜 xēi cai	Mencuci sayur
切菜 qiē cai	Memotong sayur
煮飯 zū bēn	Memasak nasi
出去 cu ki	Pergi
回家 dèn ki	Pulang ke rumah
去哪裡？kī dōu wī	Pergi kemana ?
菜市場 cài qī à	Pasar
去菜市場 kī cài qī à	Pergi ke pasar
超級市場 qiāo qī qi diú	Supermarket
一間店 ji gīng diang	Satu toko

12

---

10 元 za kōu	10 dolar
150 元 ji bà gou za kōu	150 dolar
三包 100 元 sā bāo ji bà kōu	3 bungkus 100 dolar

🔊 1-02

■ 句型練習   Latihan Pola Kalimat

多少 lua jiě Berapa	+	錢 jí Harganya
		人 láng Orang
		次 bài Kali
		顆 lia Buah
		米 vì Beras

16

🔊 1-03

1-1 菜類 Jenis Sayuran

中文字 + 台語（漢語拼音） Huruf Mandarin + Bhs. Taiwan(ejaan mandarin)	印尼語 Bhs. Indonesia
青菜 qiē cai	Sayuran
高麗菜 gōu lēi cai	Kol
白菜 bei cai	Sawi putih
青江菜 tēng xǐ ā cai	Cai sim
空心菜 yìng cai	Kangkung
地瓜葉 hān jí hiu	Daun ubi
菠菜 bēi lìng ā cai	Bayam
韭菜 gū cai	Bawang perai
茼蒿 dāng ōu	Sayur thung hau
芹菜 kīn cai	Seledri
A 菜 ēi ā cai	Sayur e cai
豆芽菜 dao cai	Toge

17

用注音說印尼語
NT$380

適用對象
自修者／到印尼自助旅行者／台商

Pelajaran 01

Daftar Huruf Abjad Bhs. Indonesia
ㄉㄚㄈㄊㄚㄦ ㄏㄨㄈㄨㄉ ㄚㄅㄐㄚㄉ ㄅㄟㄈㄙㄇㄨㄚ
ㄧㄅㄟㄆㄟㄋㄟ ㄍㄚ ㄒㄧㄚ

印尼語字母表

▶字母

A a	B b	C c	D d
ㄚ	ㄅㄟ	ㄙㄟ	ㄉㄟ
E e	F f	G g	H h
ㄟ	ㄈㄜㄨ•	ㄍㄟ	ㄏㄚ
I i	J j	K k	L l
ㄧ	ㄓㄟ	ㄍㄚ	ㄟㄥ
M m	N n	O o	P p
ㄣ	ㄣㄨ	ㄛ	ㄅㄟ
Q q	R r	S s	T t
ㄎㄩ	ㄟㄌㄚ	ㄟㄥ	ㄉㄟ
U u	V v	W w	X x
ㄨ	ㄈㄧ	ㄨㄟ	ㄟㄎㄥ•ㄙ
Y y	Z z		
ㄧㄝ	ㄐㄧㄝ•		

Pelajaran 02

Kalimat perintah dan memohon
《ㄚㄌㄧㄇㄚ ㄅㄜㄌㄣㄊㄚ ㄉㄢ ㄇㄜㄏㄛㄣ•

命令與請求用語

Silahkan masuk.
ㄙㄧㄌㄚ《ㄢ ㄇㄚㄙㄨㄎ•
請進來。

Silahkan pergi.
ㄙㄧㄌㄚ《ㄢ ㄅㄜㄍㄌㄧ•
請出去。

Silahkan datang kesini.
ㄙㄧㄌㄚ《ㄢ ㄉㄚㄊㄤ 《ㄜ•ㄒㄧㄌㄧ
請到這兒來。

Silahkan berbicara.
ㄒㄧㄌㄚ《ㄢ ㄅㄜㄅㄜ ㄙㄧㄧㄚㄌㄚ
請說。

Mohon untuk mendengar saya bicara.
ㄇㄜㄏㄥ ㄨㄣㄊㄨㄎ ㄇㄜㄉㄚㄥㄚㄌㄚ ㄙㄚㄧㄚ ㄅㄧㄐㄧㄚㄌㄚ
請聽我說。

Mohon mengikuti saya.
ㄇㄜㄏㄥ ㄇㄜㄧㄧㄨㄌㄨㄍㄌㄧ ㄙㄚㄧㄚ
請隨我來。

Bawa kesini.
ㄅㄚ∨ㄨㄚ ㄎㄜㄒㄧㄌㄧ
拿過來。

Bawa pergi.
ㄅㄚ∨ㄨㄚ ㄅㄜㄍㄜ《ㄧ
拿出去。

 用注音說印尼語

Jangan lupa.
ㄐㄧㄤㄢ ㄌㄨㄅㄧ•
不要忘記。

Jangan merokok.
ㄐㄧㄤㄢ ㄇㄜㄌㄜㄍㄛ《•
不要吸煙！

Kearah kiri.
《ㄜ•ㄚㄌㄚ 《ㄧㄌㄧ
向左邊。

Belok kekanan.
ㄅㄟㄌㄡ 《ㄜ•ㄎㄌㄋㄟ
向右轉。

Jalan terus.
ㄐㄧㄚㄌㄢ ㄊㄜㄌㄨㄥㄥ
向前走。

Belok kebelakang.
ㄅㄟㄌㄜ《 《ㄜㄅㄜㄌㄚ《ㄢㄟ
向後轉。

Mohon tunggu sebentar.
ㄇㄜㄏㄥ ㄊㄨ∨ㄥㄨㄜ•ㄅㄣㄊㄚ∨
請等一下。

Mohon membantu saya.
ㄇㄜㄏㄌㄣ ㄇㄣ∨ㄇㄚㄅㄢㄊㄨ ㄙㄚㄧㄚ
請幫我。

Mohon datang kesini.
ㄇㄜ∨ㄏㄥ ㄉㄚㄥ∨ㄉㄚㄤ 《ㄜ丅ㄧㄌㄧ∨
請到這邊來。

Harap jalan hati hati.
ㄏㄚㄌㄚㄅ ㄐㄧㄚㄌㄢ ㄏㄚㄌㄧ ㄏㄚㄌㄧ
請小心走。

Mohon untuk mengisi daftar ini.
ㄇㄜ∨ㄏㄥ ㄨㄣㄊㄨㄎ ㄇㄜㄌㄧㄒㄧ ㄉㄚㄈㄨ•ㄉㄚㄌㄜ ㄧㄌㄧ∨
請填寫這張表格。

Apakah saya boleh pergi ?
ㄚㄅㄨㄚ∨ㄚ ㄙㄚㄧㄚ ㄅㄜㄌㄜ∨ ㄅㄜㄍㄜ•ㄧ∠
我可以離開了嗎？

Apakah saya boleh meminta bantuan anda ?
ㄚㄅㄨㄚ∨ㄚ ㄙㄚㄧㄚ ㄅㄜㄌㄜ ㄇㄜㄇㄧㄣㄊㄚ ㄋㄚㄉㄨㄢㄣㄌㄚ ㄚ∨ㄉㄚ∠
我可以請你幫忙嗎？

Apakah saya boleh masuk ?
ㄚㄅㄨㄚ∨ㄚ ㄙㄚㄧㄚ ㄅㄜㄌㄜ ㄇㄚㄙㄨㄎ∠
我可以進來嗎？

Mohon untuk bicara lambat sedikit.
ㄇㄜㄌ∨ㄏㄥ ㄨㄣㄊㄨㄎ ㄅㄧㄐㄧㄚㄌㄚ ㄌㄚㄣ∨ㄅㄚ ㄙㄜㄉㄚㄍㄧ•ㄧ
請說得稍慢一點。

Mohon memberitahu saya toilet dimana ?
ㄇㄜㄌ∨ㄏㄥ ㄇㄣㄅㄜㄌㄜㄊㄚ∨ㄏㄨ∨ ㄙㄚㄧㄚ ㄉㄧㄌㄜㄟ ㄉㄧ—ㄇㄚㄋㄚ∨
請告訴我洗手間在那兒？

好書推薦

生活必備印尼語單字

NT$400

適用對象
自修者／印尼人／台商

MP7-001

ㄅ

ㄅㄚ

(ㄅ)	漢語拼音(汉语拼音)	印尼文(印尼文)
八	bā	Delapan
八十	bā shí	Delapan puluh
八月	bā yuè	Agustus
八成	bā chéng	80 %
八卦	bā guà	Gosip
芭蕉	bā jiāo	Pisang
芭樂	bā lè	Jambu klutuk
芭蕾舞	bā léi wǔ	Tari balet
巴結	bā jié	Menjilat , mengambil hati
巴掌	bā zhāng	Telapak tangan
疤痕	bā hén	Bekas luka , parut luka

ㄅㄚˊ

拔	bá	Mencabut , menarik
拔除	bá chú	Mencabut , menghilangkan , melenyapkan
拔草	bá cǎo	Mencabut rumput
拔河	bá hé	Lomba tarik tambang
拔牙	bá yá	Mencabut gigi , cabut gigi
拔釘	bá dīng	Mencabut paku , cabut paku

ㄅㄚˇ

把手	bǎ shǒu	Pegangan , gagang
把持	bǎ chí	Menguasai , mendominasi
把風	bǎ fēng	Mengintai
把握	bǎ wò	Kepastian , jaminan

ㄅㄚˋ

罷工	bà gōng	Mogok kerja
罷免	bà miǎn	Memberhentikan , memecat
罷課	bà kè	Mogok belajar / sekolah
罷休	bà xiū	Berhenti , menyerah
霸道	bà dào	Suka menguasai , sewenang – wenang
霸佔	bà zhàn	Menguasai dengan kekerasan , mengangkangi
爸爸	bà ba	Papa , bapak

ㄅㄚ˙

| 吧 | ba | Ayo , mari |

ㄅㄛ

| 波浪 | bō làng | Ombak , gelombang |
| 波動 | bō dòng | Fluktuasi , naik turun |

8

波及	bō jí	Menjalar , menyebar
波折	bō zhé	Halangan
撥動	bō dòng	Memindahkan
撥開	bō kāi	Menguraikan
撥給	bō gěi	Memberikan
撥款	bō kuǎn	Menyediakan dana , cadangan dana
剝皮	bō pí	Menguliti
剝削	bō xuē	Menghisap , memeras
剝奪	bō duó	Merebut , merampas
剝落	bō luò	Rontok , mengelupas
玻璃	bō li	Kaca
玻璃杯	bō li bēi	Gelas kaca
玻璃紙	bō li zhǐ	Kertas kaca
菠菜	bō cài	Bayam

ㄅㄛˊ

伯父	bó fù	Abang ayah , ua
伯母	bó mǔ	Istri abang ayah , istri ua
伯仲	bó zhòng	Mirip sekali , sama–sama kuat (pertandingan)
脖子	bó zi	Leher
博士	bó shì	Doktor
博學	bó xué	Berpendidikan , terpelajar
博愛	bó ài	Cinta kasih tanpa pandang bulu
博物館	bó wù guǎn	Museum
薄弱	bó ruò	Lemah
薄命	bó mìng	Ditakdirkan bernasib buruk / sial
薄情	bó qíng	Tidak setia
薄利	bó lì	Untung tipis , laba kecil
薄利多銷	bó lì duō xiāo	Untung kecil jual banyak
跛腳	bǒ jiǎo	Pincang , timpang
搏擊	bó jí	Menyerang dan berkelahi
駁斥	bó chì	Membantah , menyangkal
駁回	bó huí	Menolak , membantah
帛琉	bó liú	Negara Palau

ㄅㄛˋ

| 播種 | bō zhòng | Menabur , menyebarkan benih |

ㄅㄞˊ

| 白色 | bái sè | Putih |
| 白天 | bái tiān | Siang hari |

9

MP7-002

ㄅ

白水	bái shuǐ	Air putih
白米	bái mǐ	Beras putih
白吃	bái chī	Makan gratis
白飯	bái fàn	Nasi putih
白粥	bái zhōu	Bubur putih
白菜	bái cài	Sawi putih
白糖	bái táng	Gula putih
白蟻	bái yǐ	Semut putih
白眼	bái yǎn	Pandangan menghina
白癡	bái chī	Idiot , dungu , tolol
白目	bái mù	Orang yang lambat mengerti keadaan sekelilingnya
白金	bái jīn	Emas putih
白費力氣	bái fèi lì qì	Membuang – buang tenaga
白蘭地	bái lán dì	Brandy
白費心機	bái fèi xīn jī	Rencana yang sudah dibuat tidak ada gunanya

ㄅㄞˇ

百	bǎi	Seratus
百萬	bǎi wàn	Juta , miliun
百倍	bǎi bèi	Seratus kali , seratus kali lipat
百物	bǎi wù	Beraneka ragam barang
百姓	bǎi xìng	Rakyat biasa , rakyat jelata
百分比	bǎi fēn bǐ	Persentasi
百分之五	bǎi fēn zhī wǔ	5 persen
百公克	bǎi gōng kè	100 gram , 1 ons
百葉窗	bǎi yè chuāng	Tirai terbuat dari plastik
百貨公司	bǎi huò gōng sī	Department Store
百感交集	bǎi gǎn jiāo jí	Perasaan bercampuk aduk
擺盪	bǎi dàng	Goyangan , bergoyang
擺設	bǎi shè	Menghias , hiasan

ㄅㄞˋ

敗北	bài běi	Kalah dalam perang , menderita kekalahan
敗選	bài xuǎn	Tidak terpilih
敗壞	bài huài	Merusak , meruntuhkan
拜拜	bài bài	Sembahyang
拜年	bài nián	Berkunjung ke rumah saudara/teman waktu tahun baru
拜託	bài tuō	Memohon , minta tolong

ㄅㄟ

杯子	bēi zi	Gelas , cangkir
卑劣	bēi liè	Hina , keji , rendah
卑視	bēi shì	Memandang rendah
卑微	bēi wéi	Rendah , kecil
悲傷	bēi shāng	Kesedihan , dukacita
悲觀	bēi guān	Pesimis , pesimistis

ㄅㄟˇ

北部	běi bù	Bagian utara
北極	běi jí	Kutub utara
北方	běi fāng	Utara , bagian utara dari sebuah negara
北上	běi shàng	Pergi ke utara
北回歸線	běi huí guī xiàn	Garis balik utara

ㄅㄟˋ

背面	bèi miàn	Dibelakang , baliknya , sisi balik
背痛	bèi tòng	Punggung sakit
背景	bèi jǐng	Latar belakang
背棄	bèi qì	Meninggalkan , mengingkari
背叛	bèi pàn	Berkhianat , mengkhianati
背心	bèi xīn	Rompi
貝殼	bèi ké	Kulit kerang
備用	bèi yòng	Cadangan , serep
備份	bèi fèn	Duplikat /cadangan di komputer
備胎	bèi tāi	Ban serep
備註	bèi zhù	Catatan / keterangan tambahan
備案	bèi àn	Memasukkan dalam arsip
備忘錄	bèi wàng lù	Memorandum , memo
臂	bèi~	Lengan
被~	bèi~	Di …..
被打	bèi dǎ	Dipukul
被騙	bèi piàn	Ditipu , dibohongi
被迫	bèi pò	Dipaksa , terpaksa
被害	bèi hài	Disakiti
被罰	bèi fá	Didenda
被車撞	bèi chē zhuàng	Ditabrak mobil
被纏住	bèi chán zhù	Dibelit , dilibatkan
被蚊子咬	bèi wén zi yǎo	Digigit nyamuk
~倍	~bèi	…. Kali / lipat
倍數	bèi shù	Melipat gandakan
倍增	bèi zēng	Melipatduakan

10

11

菲律賓人學中文

NT$350

ARALIN 01

認識注音符號與漢語拼音
rèn shì zhù yīn fú hào yǔ hàn yǔ pīn yīn
Pag-unawa sa Palatitikan ng Taiwanese Mandarin at
Romanisasyon ng Mandarin Chinese

注音符號字母表 **CD1 01**
zhù yīn fú hào zì mǔ biǎo
Palatinigan ng Taiwanese Mandarin (Katinig)

聲調 shēng diào
Pagbabago sa tono ng pantig

	注音符號 Palatitikan ng Taiwanese Mandarin	漢語拼音 Romanisasyon ng Mandarin Chinese
一聲 yī shēng Lebel ng tono/ Tono ng boses		―
二聲 èr shēng Pagtaas ng tono	╱	´
三聲 sān shēng Pagbaba at pagtaas ng tono	✓	ˇ
四聲 sì shēng Pagbaba ng tono	╲	`
輕聲 qīng shēng Neutral na tono	•	

注音符號的寫法 zhù yīn fú hào de xiě fǎ
Alituntunin sa pagsusulat ng palatitikan ng Taiwanese Mandarin

1) 聲母 Katinig **CD1 04**

ㄅ b

ㄆ p

ㄇ m

ㄈ f

ㄉ d

ㄊ t

ARALIN 02

命令與請求用語
mìng lìng yǔ qǐng qiú yòng yǔ
Gamit na mga salitang pang utos at pakiusap

◎ 請進來。 **CD1 10**
qǐng jìn lái
Tuloy po kayo.

◎ 請出去。
qǐng chū qù
Paumanhin labas na po kayo.

◎ 請到這兒來。
qǐng dào zhè ér lái
Pumunta lang po dito.

◎ 請說。
qǐng shuō
Magsalita ka.

◎ 請聽我說。
qǐng tīng wǒ shuō
Maaari bang makinig ka sa sasabihin ko.

◎ 請隨我來。
qǐng suí wǒ lái
Maarri bang sumunod lamang saakin.

ARALIN 03

簡單問句
jiǎn dān wèn jù
Mga simpleng tanong

◎ 這是什麼？ **CD1 11**
zhè shì shén me
Ano ito?

◎ 那是什麼？
nà shi shén me
Ano iyan?

◎ 你叫什麼名字？
nǐ jiào shén me míng zi
Ano ang pangalan mo?

◎ 你想要什麼？
nǐ xiǎng yào shén me
Ano ang gusto mo?

◎ 什麼事？
shén me shì
Ano / bakit?

◎ 多少錢？
duō shǎo qián
Magkano?

國家圖書館出版品預行編目(CIP)資料

印尼人的實用中國話 = Bahasa Mandarin Yang Sehari-Hari Dipakai
Oleh Orang Indonesia/陳玉順編著. -- 第二版. -- 新北市：智寬文化
事業有限公司, 2021.05
　　面 ； 公分 （外語學習系列 ； A024）
ISBN 978-986-99111-3-9(平裝)

1.漢語 2.讀本

802.86　　　　　　　　　　　　　　　110007429

外語學習系列 A024

QR Code 音ㄧㄣ 檔ㄉㄤ

印尼人的實用中國話 （附QR Code音檔）
2021年5月 第二版第1刷

作者	陳玉順
錄音者	陳玉順／常青
出版者	智寬文化事業有限公司
地址	235新北市中和區中山路二段409號5樓
E-mail	john620220@hotmail.com
電話	02-77312238・02-82215078
傳真	02-82215075
印刷者	永光彩色印刷股份有限公司
總經銷	紅螞蟻圖書有限公司
地址	114台北市內湖區舊宗路2段121巷19號
電話	02-27953656
傳真	02-27954100
定價	新台幣350元
郵政劃撥・戶名	50173486・智寬文化事業有限公司